JANITSCHEK · DER LITERARISCHE FERNSEHKREIS

NORBERT JANITSCHEK

Der Literarische Fernsehkreis — ein neues Mittel musischer Bildung

EIN BEITRAG ZUR MEDIENERZIEHUNG

LEYKAM-VERLAG, GRAZ — WIEN

SCHRIFTENREIHE DES VERBANDES ÖSTERREICHISCHER VOLKSHOCHSCHULEN, BAND 3

Druck: Leykam AG, Graz
ISBN 3—7011—1177—4

VORWORT

Der Zweck, der mit dieser Arbeit vorwiegend angestrebt wird, das Augenmerk der Theoretiker und Praktiker der Erwachsenenbildung auf die Literarischen Fernsehkreise als ein Bildungsmittel eigener Art zu lenken und sie für die Einführung solcher Kurse in die Volkshochschulen zu gewinnen, kann auch zur Not ohne den „Apparat", die Angabe der Quellen, die Zitierungen, die eingehendere Begründung der vorgebrachten Auffassungen und Schlußfolgerungen, die Auseinandersetzungen mit gegenteiligen Meinungen und schließlich ohne das Eingehen auch auf sekundäre Aspekte des Themas erreicht werden.

Um diese erfahrungsgemäß immer zeitbedrängten Adressaten nicht durch die Länge der Arbeit von der Lektüre abzuschrecken, wenn sie vor allem oder nur an den theoretischen Grundlagen und den Hinweisen für die Praxis interessiert sind, ist daher der Hauptteil im Verhältnis zu den Anmerkungen kürzer gehalten worden. Diese wiederum enthalten alle notwendigen Ergänzungen.

Allerdings sollen Hauptteil und Anmerkungen zusammen die Arbeit erst — nach der Absicht des Verfassers — zu einer Ganzheit machen.

Die vorliegende Schrift ist der fast unveränderte und nur unwesentlich erweiterte Abdruck der Arbeit, für die dem Autor der Förderungspreis für Erwachsenenbildung 1972 vom Bundesministerium für Unterricht und Kunst verliehen worden ist. Es wurden bloß einige Berichtigungen und Ergänzungen vorgenommen, deren Notwendigkeit sich daraus ergab, daß die Drucklegung etwa ein Jahr nach der Fertigstellung des Manuskripts erfolgte.

Wien, im Oktober 1973 *Norbert Janitschek*

DER LITERARISCHE FERNSEHKREIS — EIN NEUES MITTEL MUSISCHER BILDUNG

Ein Beitrag zur Medienerziehung

I. DIE GRUNDLAGEN

So wie das Theater als bevorzugte Stätte der Erbauung und geistig-seelischen Anregung, aber auch der Zerstreuung und Unterhaltung (das es z. B. in Wien, insbesondere nach der Gründung des Nationaltheaters im Jahre 1776 und dem Aufblühen der Volkskomödie bis in die sechziger Jahre des 19. Jahrhunderts und noch später im „Operettenzeitalter" bis etwa nach dem Ersten Weltkrieg, gewesen war)[1], seine Beliebtheit aber in zunehmendem Maße mit dem Stummfilm teilen mußte, als dieser den Kinderschuhen entwachsen war, seinen Charakter als eine Art Schaubudensensation und -belustigung verloren hatte und als eigene Kunstgattung anerkannt wurde; ebenso wie sich dieser Prozeß des Popularitätsverlustes der Schaubühne bei dem größten Teil des Publikums beschleunigte und verstärkte, als der Tonfilm anfangs der dreißiger Jahre seinen ersten, auch künstlerisch bemerkenswerten Höhepunkt erreichte: So ist heute die Bühne als Theater des Volkes in eine beinahe hoffnungslose Rückzugsposition gedrängt worden, die sie nur mit Hilfe bedeutender Subventionen — und am wenigsten mit der Stütze des, numerisch im Verhältnis zur Zahl der potentiellen Theaterinteressenten beinahe nur winzigen, Stocks regelmäßiger Besucher — halten kann.

Fernsehen statt Theater und Kino

Es gibt mehrere Ursachen und Möglichkeiten der Erklärung dieser Entwicklung. Nicht bestritten, weil sie offensichtlich ist, kann die Rolle werden, die das Fernsehen, ähnlich wie beim Rückgang der Kinofrequenz, auch beim Schwinden des Interesses breiter Bevölkerungsschichten am Theaterbesuch spielt[2].

Es paßt nicht in den Rahmen dieser Arbeit und würde zu sehr von ihrer Zielsetzung abweichen, wollte man versuchen, die Hintergründe dieser Entwicklung zu analysieren, etwa die Motive aufzudecken, die dennoch Menschen, wenn auch eben immer nur eine kleine Minorität, ins Theater bringen, z. B. das echte oder das aus Prestigegründen vorgegebene Kulturbedürfnis, das Verlangen nach einem Gemeinschaftserlebnis, die ungleich stärkere Wirksamkeit der dreidimensionalen Bühne und der Kontakt mit den unmittelbar präsenten Schauspielern. Oder, auf der anderen Seite, die naheliegenden Beweggründe darzustellen, die den Triumph des Fernsehens über das Theater trotz der Nachteile jenes gegenüber diesem herbeigeführt haben, also die Bequemlichkeit beim Besuch des „Fernsehtheaters", die geringen Kosten, den reichgedeckten Tisch, der mit seinem Angebot jedem Geschmack — wenn auch Gott sei Dank nicht täglich[3] — gerecht wird, und anderes.

Die Volkshochschulen haben seit ihren Anfängen die Befassung mit Literatur als einen wesentlichen Teil ihres Aufgabenbereiches angesehen und auch die Filmerziehung in ihre Arbeit einbezogen. Als der naive, von der Faszination des Hörfunks und Fernsehens herrührende Glaube an die gleichsam autonome Breiten- und Tiefenwirkung des Hörfunks und besonders des Fernsehens der ernüchternden Erkenntnis gewichen war, daß die Vermittlung von Wissen und Können und die Hilfeleistung zur Förderung kritischen Denkens, geistiger Haltung und anderer Wesenselemente der Bildung des Zusammenwirkens von Sendung, Buch und Lehrer bedürfe, kam es zum sogenannten Medienverbund bzw. zur Einrichtung von Begleitkursen (Fernsehkreisen[4]) an den Volkshochschulen.

Da nun die Literatur in ihrer Ausprägung als Bühnenstück und im weiteren Sinn auch als Film den weitaus überwiegenden Teil der Bevölkerung nur über den Bildschirm erreicht, ist es naheliegend, daß sich die Erwachsenenbildung (EB) dieser umwälzend neuen Lage anpaßt und entsprechende Einrichtungen schafft.

Als solche bieten sich die Literarischen Fernsehkreise an.

Ehe von diesen theoretisch und praktisch gehandelt wird, mögen einige Überlegungen gestattet sein.

Folgende Tatbestände können als gesichert gelten. (Sie sind nicht nur jedem einsichtig, der sachlich-kritisch seine Mitmenschen am Arbeitsplatz, im Haus und in der Nachbarschaft beobachtet, sondern sind auch durch eine Anzahl empirisch-soziologischer Erhebungen in den letzten Jahren gestützt).

Der literarische Geschmack der Bevölkerung

Weit mehr als die Hälfte der Bevölkerung (diese vorsichtige Formulierung wurde gewählt, damit dem etwaigen Vorwurf der Schwarzseherei vorgebeugt wird; tatsächlich sind die wirklichen Zahlen, wenn man sie auf ihren kulturellen Aussagewert hin beurteilt, viel bedrückender)[5]

— liest kaum ein Buch im Jahr und begnügt sich mit „Heft-(Groschen-)-Romanen",
— geht nie oder nur höchst selten ins Theater (auch nicht in Städten, wo dies ohne weiteres möglich wäre) und ebensowenig in ein Konzert,
— bevorzugt im Kino mehr oder weniger ausschließlich Abenteuer-, Gangster-, Wildwest- und pornographische Filme und
— tut dasselbe im Fernsehen (mit Ausnahme der letztgenannten, weil es sie dort noch nicht gibt) und ist außerdem an allen Kriminalfilmserien, Show- und Quizspielen ebenso wie an den Sportsendungen interessiert,
— ist unverrückbar davon überzeugt, daß das Bedürfnis nach Erholung, Entspannung und Zerstreuung, soweit man es bei den Massenmedien zu erfüllen trachtet, am besten durch die angeführten Produktionen gestillt wird.

Daß es auch andere, höherwertige Formen der Zerstreuung gibt, von denen man wenigstens gelegentlich Gebrauch machen sollte; daß man Vergnügen und Erholung etwa bei einem anregenden Gespräch, beim Lesen auch bisweilen anspruchsvollerer Bücher, von Aufsätzen in Fachzeitschriften oder Kulturmagazinen finden kann; daß man sich — scheinbar paradoxerweise — „zerstreuen" kann, indem man sich „sammelt", seine Phantasie spielen läßt und sich Gedanken macht: für eine solche Auffassung die Menschen zu gewinnen und dafür zu werben, ist seit je eine der wichtigsten Aufgaben der Erwachsenenbildung gewesen.

Diese Zielvorstellung ist jedenfalls unverändert geblieben, wenn sich auch sonst die Ansichten über Idee und Form der EB zum Teil gewandelt haben und sich noch weiter ändern, zum Beispiel berufsfördernde und praktische Kurse als eine gleich wichtige Aufgabe angesehen werden wie die wissenschaftlichen bzw. allgemeinbildenden[6]. Wieweit für diese Entwicklung bildungstheoretische Erkenntnisse maßgebend und überzeugend sind oder sich eher und mehr eine Anpassung an die vielfältig motivierte realistisch-nüchterne Verhaltensweise der „Leistungsgesellschaft" vollzieht, ist wohl noch eine offene Frage.

Kaum bestritten wird ein anderes Ergebnis der neueren Bildungsforschung: Daß der nicht nur nach den Leitbildern des Neuhumanismus, sondern auch nach den Vorstellungen der bürgerlichen Gesellschaft bis zum Ersten Weltkrieg unzweifelhaft „Ungebildete“ Bildung besitzt, falls er — auf die kürzeste und eindrucksvollste Formel gebracht — „sich strebend bemüht“. Diese Auslegung des berühmten Schlusses von „Faust II“ ist vielleicht zu großzügig oder auch nur simplifizierend, aber es ist verlokkend, die bedeutungsvollen Worte auch in diesem Zusammenhang zu zitieren. Der Deutsche Ausschuß für das Erziehungs- und Bildungswesen sagt in seinem Gutachten: „Gebildet im Sinne der Erwachsenenbildung wird jeder, der in dem ständigen Bemühen lebt, die Gesellschaft und die Welt zu verstehen und diesem Verständnis gemäß zu handeln.“[7]

Diese relativierende Bildungskonzeption betrachtet die Vorstellung als überholt, daß Bildung ein Privileg besonders Begabter ist, die mit einem bestimmten Wissen ausgestattet sind. Sie trägt auch dem Umstand Rechnung, daß Bildung zwar jedem Vollsinnigen erreichbar ist, aber in Ausmaß und Höhe differiert, von Anlage, Milieu und der Struktur der Bildungseinrichtungen abhängig ist.

Die Erwachsenenbildung darf ihr Ziel also nicht zu hoch stecken. Sie hat ihre Hörer je nach den Gegebenheiten zu betreuen, die geringe Zahl der echt Bildungswilligen und Wissenshungrigen auf höherem oder auch hohem Niveau, aber als Volksbildung in ihrem ursprünglichen Sinn muß sie sich an alle wenden und alle Mühe und allen Ehrgeiz daran wenden, Interesse und Freude an geistiger Arbeit zu wecken, das Denkvermögen zu steigern, die Fähigkeit zu überlegtem, selbständigem Urteil zu entwickeln — um nur einige der Aufgaben zu nennen — und nicht zuletzt, soweit es das Thema eines Kurses jeweils zuläßt, das Geschmacksniveau zu heben.

Jedes Kursfach gibt dem seiner Aufgabe bewußten Dozenten die Möglichkeit, die genannten formalen Bildungselemente und noch andere je nachdem mehr oder weniger fruchtbar werden zu lassen. Den künstlerischen Geschmack zu verfeinern, ist allerdings vor allem Sache der einschlägigen Kurse.

Daß es sich die Erwachsenenbildung angelegen sein lassen muß, ihr Bemühen auf die Hebung des Geschmacks weiter Bevölkerungskreise zu richten, geht nicht nur aus den früheren Hinweisen auf die bevorzugten Formen der Unterhaltung und Zerstreuung durch Lektüre, Film und Fernsehen hervor, es zeigt sich, vielleicht noch mehr bestürzend, wenn man beobachtet, wie sich ein Teil der Theaterbesucher, also gleichsam einer Elite, weil sie immerhin an dieser Kunstform Interesse zeigt, häufig verhält. Es fehlt ihnen die Fähigkeit oder auch nur der Wille, das Stück auf der Bühne in seiner Gesamtheit aufzunehmen, mehr als den Ablauf der Handlung zu verfolgen — und auch das gelingt nicht immer —, die Thematik und Problematik zu erkennen, den seelischen Gehalt zu erfassen, geschweige, sich innerlich davon berühren zu lassen.

Der verständige Besucher zuckt bei den Lachern aus dem Publikum an den unpassendsten Stellen zusammen und kann sich des Eindrucks nicht erwehren, für solche Liebhaber der Bühne sei ein Stück vorerst ein Spektakel und eine „Hetz" (an Stelle dieses Wiener Dialektausdrucks ist sinngemäß der für andere Sprachlandschaften geltende synonyme zu setzen — an der Sache ändert sich dort ja nichts, eben nur das Wort) und sie warteten ungeduldig auf die erste Gelegenheit, ihrem Heiterkeitsbedürfnis Ausdruck zu verleihen. Auch der gutgemeinte Zwischenapplaus ist oft nur ein Zeichen mangelnden Verständnisses, wenn er gerade bei einem derben Ausdruck, einer realistischen Kampfszene oder einem übersteigert pathetischen Abgang einsetzt.

Ernüchternd sind die Pausengespräche, die sich weit mehr mit dem Unwichtigen und Nebensächlichen als mit dem Sinn des Stückes und seinem künstlerischen und menschlichen Gehalt befassen. Das Urteil erschöpft sich nicht selten in Feststellungen, der oder die sei „gut" gewesen, die Kostüme „schön" und das Ganze je nachdem „interessant" oder „fad". Wenn es überhaupt in der Pause oder nachher zu einem Gespräch kommt!

Es geschieht das gleiche wie beim üblichen Konsum von Filmen, deren Wirkung mit der Schlußszene auch schon zu Ende ist und die bestenfalls Anlaß zum Meinungsaustausch geben, wenn sie ungewöhnliche Sensationen in brutalen oder sexuellen Szenen enthalten. Diese unerfreulichen Feststellungen sollen wohl die Realität aufzeigen, ins Licht rücken, daß der weitaus größte Teil der Fernseher an höherwertigen Darbietungen nicht interessiert ist und in der Regel Unterhaltung, Zerstreuung und — in engen Grenzen — Information verlangt, aber keinesfalls einem sterilen Kulturpessimismus das Wort reden, etwa in dem Beispiel der schon antiquiert anmutenden bekannten Alternative „Die Technik — Segen oder Fluch" nur die letztere sehen wollen, den Ruf nach dem Zensor provozieren oder puristisch-puritanische Vorstellungen von schlackenfreien Medienprogrammen ad usum delphini erwecken. Hörfunk und Fernsehen sind gesellschaftliche Einrichtungen und stehen als solche im Dienste des Volkes. Ihr Programmangebot muß daher vielfältig sein und jedem Geschmack nach Möglichkeit Rechnung tragen, sinngemäß also dem Massengeschmack und -bedürfnis in entsprechend stärkerem Maße[8].

Es geht also gar nicht darum, gegen das Medienmassenangebot an allem, was unter dem Sammelbegriff „Entspannung" in der Regel verstanden wird, zu Felde zu ziehen, weder gegen die „Circenses“ in ihrer heutigen Ausprägung noch gegen das breite Spektrum von mehr oder weniger gehaltvollen bis zu den trivialen Produktionen, ja nicht einmal gegen Schund und Kitsch, sofern eine tolerant festgesetzte untere Grenze nicht unterschritten wird und die Quantität nicht überwiegt. Aber auch diese einschränkende Forderung mag schon anmaßend sein. Darf der um Kultur bemühte und beflissene Gebildete, der Lehrer z. B. oder der Erwachsenenbildner, in einer Zeit, in der, mit der damaligen verglichen, die „Umwertung aller Werte“[9] von einem Gedankenexperiment zu einem unbestreitbaren Faktum geworden ist, so ziemlich alle Kunstmaßstäbe ins Wanken geraten sind und in der pluralistischen Gesellschaft alle Meinungen respektiert werden wollen, seine Auffassung etwa von Gehaltvollem oder Niveaulosem, von Kunst und Kitsch, ja sogar von Gut und Böse absolut setzen?

Haben die Befürworter der Filme, deren Produzenten sogar auf das Alibi künstlerischer Ambitionen verzichten, mit ihrer Aneinanderreihung sadistisch-kalter Mordszenen und/oder variierter Sexualakte recht, wenn sie derartiges als Zeichen der Emanzipation ansehen und als geeignetes Mittel betrachten, Triebe abzureagieren? Widerspiegeln die Texte der „Hits“, die Ö 3, zweifellos der Lieblingsradiosender, fast pausenlos abspult, das Gefühlsleben unserer Zeit und erweisen so ihre Daseinsberechtigung, oder sind sie in der weitaus überwiegenden Zahl unsäglich banal und durchsichtige Mache? Gilt hier auch das, im politischen Leben mit Recht anerkannte, Prinzip der Mehrheitsentscheidung, und beweist die Mehrheit nicht täglich eindeutig, wem in diesem Bereich ihre Sympathie zuneigt? Scheint es nicht hoffnungslos, gegen den Strom schwimmen zu wollen?

Eine letzte Rückzugslinie ist geblieben, und die dürfen trotz der Uneinheitlichkeit der Meinungen und vielleicht ihrer eigenen Unsicherheit kulturbewußte Menschen mit gutem Grund und mit aller Energie verteidigen: Wenn wir uns auch der Entscheidung zwischen den obengenannten Alternativen enthalten, die Wertung zumindest nach dem Geschmacksniveau ist uns unbenommen. Hier dürfen wir es wagen, trotz aller sonstigen Relativität auch für unsere Zeit gültige Maßstäbe zu setzen und dies, um nur ein Beispiel zu nennen, gleich an der plumpen Direktheit und Vulgarität bloß der einschlägigen Filmtitel zu demonstrieren. So kann ein erster Schritt zur, wenn auch vorläufig noch sehr bescheidenen, Geschmacksverbesserung schon getan werden, wenn man seinen Kursbesuchern bei passender Gelegenheit vor Augen führt, welch dreckiges Grinsen und welcher Gossenhumor sich hinter so manchem anreißerischem Titel der in Serien hergestellten „Sex“filme verbirgt[10]. Es fiele auch gar nicht schwer, zu zeigen, daß es unter der Würde eines erwachsenen Menschen wäre, einen Film anzusehen, der allein schon durch den Titel „Leise flüstern die Pistolen“ die Schießhelden verharmlost und ernst nimmt, der aber vor allem mit seiner verkitschten „lyrischen“ Verniedlichung den Geschmack eines jeden beleidigen müßte, der über das Stadium des unfertigen Jugendlichen hinausgekommen ist.

Sicherlich, noch sind solche Filme von einem derartigen Ausmaß an Unterwertigkeit im Fernsehen nicht zu finden, aber es ist wohl nur eine Frage der Zeit, bis auch diese, gefragt wie sie sind, den Weg zum Bildschirm finden, zuerst wohl über das langsam auch bei uns in Schwung kommende Kassettenfernsehen.

Der Literarische Fernsehkreis, in dessen Aufgabenbereich auch die Filmerziehung liegt, verbessert den Geschmack der Hörer, wenn er seine Möglichkeiten nützt, steigert das Urteilsvermögen und macht sie zu einem kritischeren Publikum.

Das ist eine sehr notwendige Arbeit. Der gewohnheitsmäßige und überhäufige Konsum bestenfalls durchschnittlicher, meist aber unterwertiger Fernsehdarbietungen gewöhnt den Seher/Hörer an diese billige Kost, stumpft mit der Zeit sein Unterscheidungsvermögen ab und läßt ihn nach immer stärkeren Reizen verlangen. Die Sensationen müssen immer außergewöhnlicher, die Spannung noch größer, die Grausamkeit des Tötens verstärkt und die Zahl der Morde vervielfacht werden.

Der Vergleich mit Menschen liegt nahe, die dauernd starkem Lärm ausgesetzt sind: Ihre Hörfähigkeit wird geschwächt, sie „haben kein Ohr“ mehr für die leisen und feinen Zwischentöne. Sie hören nur noch das aufdringlich Laute und sehen nur das Grobe und Grelle.

Gelingt es in den Begleitkursen zu den Bildungssendungen des Fernsehens und nicht zuletzt in den Literarischen Fernsehkreisen, die Sinne der Hörer gleichsam zu schärfen, sie hellhörig zu machen und die Augen zu öffnen, daß sie Sinn, Gehalt und Bedeutung der Sendungen erfassen und ebenso hinter die Oberfläche und den Schein zu blicken lernen, so ist die Hoffnung wohl nicht vergeblich, daß mit dieser Weckung des kritischen Bewußtseins und der Verfeinerung des Geschmacks trotz der Unsicherheit im kulturellen und ethischen Bereich ein höheres Geschmacksniveau und damit ein respektables Wertespektrum erzielt wird[11]. Die Erkenntnis, daß dieses individuell verschieden ist, paßt zu der Auffassung von Erwachsenenbildung, die Aladar Pfniß vertritt, der ihre Aufgabe vornehmlich darin sieht, dem Menschen zu helfen, innerlich zu wachsen und zu reifen und schrittweise zu einer ihm gemäßen Denk- und Lebensweise zu finden[12].

Wer die Erwachsenenbildung (EB) auch in ihrer ursprünglichen Bedeutung als Volksbildung begreift und sich nicht damit begnügt, bereits Bildungswillige und mehr oder weniger Kenntnisreiche in einem bestimmten Wissensgebiet zu vervollkommnen, sondern mit seiner Tätigkeit auch breite oder zumindest breitere Schichten der Bevölkerung ansprechen will, muß geduldig und behutsam vorgehen und trachten, seine Hörer Stufe um Stufe zu der ihnen „gemäßen Denk- und Lebensweise" nicht nur zu führen, sondern ihre Ansprüche nach Möglichkeit auch zu steigern, auch die auf Entspannung, Unterhaltung und Zerstreuung.

Solche erste Stufen werden schon erklommen, wenn spannungsuchende passive Betrachter von Fußballwettspielen auch dazu übergehen, selber zu spielen, statt die Zeit zu „vertreiben", etwa mit stundenlangem Kartenspiel im Wirtshaus, sie vergnüglich und erholsam mit einer Liebhaberei, mit Basteln, Markensammeln u. dgl., zu nützen[13].

Eine Stufe höher kommt man aber auch schon, wenn man bei der Wahl von Filmen oder Fernsehprogrammen etwa von „Django"[14] zu „Zwölf Uhr mittags" aufsteigt, von „Omer Pascha" zum „Kommissar". Der Weg führt nicht gleich zum „Tod in Venedig", vom „Heftroman" nicht zur gehaltvolleren Romanliteratur, geschweige zur anspruchsvollen. Es ist schon ein Erfolg, wenn man dazu beitragen kann, daß die Dutzendware der Klamaukfilme als läppisch und humorlos empfunden, die „Gespielinnen"-Filme als üble Kommerzspekulation auf den schlechten Geschmack erkannt werden. Wer nunmehr Gefallen an einer wirklich witzigen oder gar auch noch geistreichen Komödie findet oder Problemfilme mit heiklen Sexualthemen von den üblen Machwerken zu unterscheiden vermag, ist auf der Stufenleiter musischer Bildung ein wenig weitergekommen.

„Der Literarische Fernsehkreis als ein neues Mittel musischer Bildung" erfordert vorerst die Rechtfertigung der in diesem Titel verwendeten Begriffe. Wenn man üblicherweise unter Literatur im engeren Sinne Dichtung versteht, diese als Sprach- oder Wortkunstwerk auffaßt und ihr auch das Dramatische und Theatralische zuordnet, so kann man ohne Zweifel auch den Tonfilm als einen Zweig der Literatur betrachten, ob er nun im Kino dargeboten oder als Aufzeichnung im Fernsehen gezeigt wird, und sinngemäß auch das eigens für das Fernsehen hergestellte TV-Spiel oder das Dokumentarspiel[15].

Aus dieser Erweiterung des Begriffes der Literatur im engeren Sinn ergibt sich denknotwendig, daß die genannten Darbietungen des Fernsehens auch in den Bereich des Musischen fallen, sofern man unter diesem das Künstlerische schlechthin versteht. Ebenso steht außer Zweifel, daß auch heute noch die Befassung mit den, wie es, ein wenig altmodisch klingend, heißt, „schönen Künsten“, jeweils in den gebotenen Grenzen und nach den gegebenen Möglichkeiten[16], ein wesenbestimmendes Merkmal der Bildung[17] ist, wenn dies auch in den verschiedenen Konzepten des Bildungsbegriffes meist nur indirekt und nur selten ausdrücklich festgestellt wird[18].

Ein „neues“ Mittel stellen die Literarischen Fernsehkreise (Lit. TV-Kreise) insofern dar, als sie bis in die jüngste Zeit so gut wie unbekannt waren und auch jetzt nur ganz selten in die Bildungsarbeit der Volkshochschulen Eingang gefunden haben[19]. Ihre Zeit war aber gekommen, als die großartige Erfindung eines Gerätes zur Bandaufzeichnung von Fernsehsendungen zu einem Preis auf den Markt gebracht wurde, der den Volkshochschulen die Anschaffung eines solchen „Video-Recorders“ ermöglichte.

Der Wert dieses Gerätes im sogenannten Medienverbund wird in der Erwachsenenbildung uneingeschränkt anerkannt, wenn es sich also darum handelt, an Hand von systematisch angelegten Bildungsserien des Fernsehens in Begleitkursen der Volkshochschulen auf einem bestimmten Gebiet ein einigermaßen abgerundetes Wissen, vor allem zwecks Erwerbs eines Zertifikats, zu vermitteln. Weit stärker könnte der Video-Recorder allerdings für andere Bildungssendungen des Fernsehens in der Erwachsenenbildung eingesetzt werden, als es bis jetzt geschehen ist, die ohne Zertifikatstendenz ausgestrahlt werden, weil erst mit seiner Hilfe diese Sendungen echte Bildungsqualität erhalten.

Diese Erkenntnis setzt sich nur allmählich durch, denn noch ist die „Illusion, daß das bloße Anschauen von Bildungssendungen auch schon ‚bildet‘, weit verbreitet. Sie läßt sich vorerst mit der Faszination erklären, die vom Fernsehen ausgeht, hat natürlich aber auch noch andere Ursachen, z. B. die Vergötzung des Technischen überhaupt, die Neigung zu Bequemlichkeit und Passivität auch im geistigen Bereich oder als Auswuchs von Konsumgesinnung die naive Vorstellung, daß allein schon der Erwerb von Büchern und Schallplatten, der Besuch von Theatervorstellungen und das Betrachten von Fernsehsendungen wachsende Bildung mit sich bringe ... Wohl nur jeweils eine winzige Minorität erfährt eine geistige Bereicherung und behält wenigstens einiges im Gedächtnis, wenn eine bildende Sendung auf ausreichende Vorkenntnisse und besondere Interessen trifft, so daß sie aus der Fülle des Angebots hervorragt. Aber auch in diesen wenigen günstigen Fällen ist der Bildungseffekt allzu gering, gemessen an den Möglichkeiten, die sich aus der Darbietung einer solchen Sendung in einem Fernsehkreis ergeben.“[20]

„Für die gewaltige Mehrheit der übrigen Betrachter von Fernsehsendungen sind diese eine mehr oder weniger willkommene Abwechslung, eine Art gehobener Unterhaltung, und in ihrer Wirkung eine Fülle inkohärenter flüchtiger Eindrücke, die meist schon nach wenigen Tagen, überschwemmt von den nie endenden Bilderfluten und Wortkaskaden, bis zu einem Nichts verblassen, von einzelnen individuell verschiedenen Fakten abgesehen, die das Gedächtnis selektiv bewahrt."[21]

Wenn also die audiovisuellen Medien aus eigenem nur eine begrenzte Bildungswirksamkeit entfalten können, so werden sie mit dieser Erkenntnis weder herabgewürdigt noch gar in Frage gestellt. „Sie gewähren jedenfalls Millionen Menschen wenigstens Einblicke in eine Vielfalt kultureller Bereiche, die ihnen sonst verschlossen bleiben, erweitern ihren geistigen Horizont, erwecken höhere Interessen und sind so immerhin ein Gegengewicht, wenn auch keineswegs ein gleich mächtiges, zu der Fülle an Banalem und Trivialem, das auch zu bieten (wie schon erwähnt) sich Rundfunk und Fernsehen . . . nicht versagen dürfen."[22]

Die Fernsehkreise (TV-Kreise, TV-Kurse)

Als die Bildungsreihen des Fernsehens die notwendige Ergänzung in den Fernsehkreisen (TV-Kursen) der Volkshochschulen fanden[23], stellte sich der von den Erwachsenenbildnern mit Sicherheit erwartete Erfolg auch ein, nicht gerade in quantitativer Hinsicht — es gibt unzählige potentielle Besucher solcher Kurse, die den Weg in die Volkshochschule noch nicht gefunden haben —, wohl aber in qualitativer. Nun konnte der relativ bescheidene Bildungseffekt der sonst unreflektierten Fernsehsendereihe geradezu gewaltig verstärkt werden. Die Impulse, die von ihnen ausgingen, wurden aufgegriffen und in echte Bildungsarbeit verwandelt und der Skepsis, wie sie in den folgenden Fragen zum Ausdruck kommt, in der richtigen Weise Rechnung getragen. „Trägt die Bildungssendung, wie sie, vollbepackt mit Fakten, Daten, Zahlen und Namen, flüchtig an dem Zuseher vorüberzieht, tatsächlich dazu bei, selbständiges Denken zu fördern, die Fähigkeit und die Bereitschaft zu überlegten und kritischen, von Vorurteilen freien Aussagen zu entwickeln, Geist und Phantasie anzuregen, sich verantwortlich als Mitglied eines Ganzen zu begreifen, die seelische Erlebnisfähigkeit zu steigern?[24]"

Der Erfolg solcher TV-Kurse hängt vor allem von der Persönlichkeit des Dozenten, seiner Vertrautheit mit den Grundsätzen der Didaktik und Methodik solcher TV-Kreise und von der zweckmäßigen Verwendung des

Video-Recorders ab, natürlich auch, aber in weit geringerem Maße, als es scheint, von der Qualität der Sendung. Über diese scheinbare Paradoxie wird noch zu sprechen sein[25].

Was liegt näher, als solche TV-Kreise auch für die Sendungen einzurichten, die eine alles überragende Bedeutung für die Geschmackskultur fast der gesamten Bevölkerung haben, weil sie für die breite Masse fast die einzige Quelle, jedenfalls die einflußreichste, literarischer Bildung sind! Ob das Niveau dieser Bildung niedriger oder höher ist, kann allen Kulturbeflissenen dieses Landes nicht gleichgültig sein, am allerwenigsten den Erwachsenenbildnern. Schließlich ist diese Art von Bildung, die von den Massenmedien geprägt wird, längst nicht mehr eine Angelegenheit von Ästheten und im elfenbeinernen Turm beheimatet, sondern beeinflußt mit dem Geschmack auch das Denken, Fühlen und Handeln von Millionen.

II. DER LITERARISCHE FERNSEHKREIS (LIT. TV-KREIS, LIT. TV-KURS)

Der Literarische TV-Kreis als eine Sonderform der TV-Kurse (das sind Volkshochschulkurse, in denen Bildungssendungen des Fernsehens gezeigt und erörtert werden) unterscheidet sich in seiner Zielsetzung und der Art seiner Durchführung nur im besonderen, nicht aber im allgemeinen von diesen.

So darf man auch die folgenden Grundsätze, die sich für die Beachtung aller TV-Kurse empfehlen, für die Literarischen TV-Kreise als methodisch-didaktische Richtlinien ansehen[26]:

Methodisch-didaktische Richtlinien

* Der Kursleiter rückt das flüchtig, ungenau, vergänglich und nur bruchstückhaft Aufgenommene und Aufgefaßte ins Bewußtsein, verleiht ihm „Gestalt" und hebt die Sendung von dem sonst meist wahllos und ungeistig in Unmengen visuell und akustisch Konsumierten deutlich ab.
* Als gangbarer Weg hiezu bietet sich zunächst an, je nach Inhalt und Form der Sendung die örtliche Situation, den zeitlichen Ablauf, das Geschehen, den inneren Zusammenhang, die einzelnen Gedankengänge, die behandelten Fragen und Probleme zu klären bzw. zu erklären.
* Der Kursleiter stellt Fragen und provoziert Fragen und stellt richtig, was sich auf diese Weise als unrichtig oder unzureichend Aufgefaßtes ergibt.
* Er macht einsichtig, was jeweils wichtig, was nebensächlich ist, zeigt Zusammenhänge auf, Aufbau und Gliederung.

Die besondere Aufgabe des Literarischen TV-Kreises läßt sich in der folgenden knappen Zusammenfassung darstellen:

Die im Einvernehmen mit der Hörerschaft ausgewählten TV-Sendungen (insbesondere Fernseh- und Dokumentarspiele, Aufzeichnungen von Bühnenaufführungen, Spielfilme) werden mittels Video-Recorders als Ganzes oder in Teilen gezeigt und in verschiedener Weise kommentiert. Die dabei angestrebten Bildungsziele sind vorwiegend Erfassung und Klärung des Inhalts, Erörterung der Problematik und der künstlerischen Werte, Vermittlung des sich jeweils ungezwungen anbietenden literaturgeschichtlichen Wissens[27], Verfeinerung des literarischen Geschmacks und nicht zuletzt Weckung und Stärkung der Erlebnisfähigkeit[28].

In den Kursprogrammen wurden diese TV-Kreise ähnlich angekündigt, aber noch mit einem Schlußsatz versehen: „Durch Erklärung, Besprechung und Diskussion werden so gehaltvolle Fernsehdarbietungen, die man sonst nur flüchtig aufnimmt und bald vergißt, zu echter geistiger Anregung und zu bleibendem Gewinn." Für die Praxis der Behandlung von Spielfilmen im Fernsehen bieten sich vorerst die bewährten Methoden der Filmerziehung an. Darnach ist das hauptsächlichste Mittel das Filmgespräch. Der Gesprächsleiter führt den Film kurz ein, bahnt die Aufnahmsbereitschaft an, stellt nach der Vorführung die nötigen Klärungsfragen und ruft die erlebnisstärksten Szenen in die Erinnerung zurück. Die Schlüsselszenen bilden den Ausgangspunkt für die weiteren Betrachtungen und für ein Vorstoßen zu der eigentlichen Aussage des Films. Von hier aus kann die ganze Handlung aufgerollt werden. Probleme, Konflikte, Motivationen, inhaltlich oder formal gute bzw. schlechte Szenen sind weitere Gesprächsthemen. Schließlich soll eine Gesamtwertung des Films vom filmtechnischen, künstlerischen, sittlichen und weltanschaulichen Standpunkt aus versucht werden.

✱ Das Ziel des Filmgesprächs ist die Entfaltung der Kritikfähigkeit und des filmischen Qualitätsgefühls. Wer „filmreif" ist, unterscheidet zwischen minderwertigen und wertvollen Filmen, zwischen Kitsch und Kunst in inhaltlicher und formaler Hinsicht und zeigt die entsprechende Bereitschaft, wertvolle Filme für den persönlichen Besuch auszuwählen[29].

Diese Auffassungen zweier angesehener Filmerzieher[30] sind zweifellos sehr beachtenswert, erfordern aber doch da und dort eine Korrektur, weniger weil sie sich vor allem auf die Filmerziehung Jugendlicher beziehen (wie schon dargelegt worden ist, verhalten sich Erwachsene leider nur zu oft als nicht weniger erziehungsbedürftig) als weil sie der Auswertung von Filmen gelten, die zur Gänze — und ohne Video-Recorder — gezeigt werden. Gerade dieses Gerät stellt ja ein Wesenselement des Literarischen TV-Kreises dar, der die gewaltige Menge der Fernseher als Zielgruppe, wenn auch noch nur als potentielle, hat und nicht die, im Verhältnis zu dieser, kleine Zahl regelmäßiger Kinobesucher, obwohl auch diese, sofern sie für den Literarischen TV-Kreis gewonnen werden, zur „Filmreife" geführt werden sollen.

Dieser TV-Kreis hat als Grundlage seiner Tätigkeit eine Fernsehsendung aus dem laufenden Programm, ist also immer aktuell und befaßt sich mit dem Medium, dessen Einfluß unübersehbar und dessen Anziehungskraft unvergleichlich ist. Als Kursveranstaltung einer Volkshochschule ist er, von naheliegenden anderen Gründen abgesehen, an die übliche zeitliche

Grenze von maximal 100 Minuten[31] gebunden und wird sich daher kaum jeweils mit einem Film in der üblichen Länge befassen. Der Sinn des Kurses liegt natürlich nicht im bloßen Darbieten, sondern in der zweckmäßigen Auswertung.

Will man auf die Spielfilme nicht verzichten — dies wäre der Zielsetzung durchaus nicht gemäß —, muß man sie entsprechend verkürzen, viel weniger ein Nachteil, als man glauben möchte, sondern weit mehr ein Vorteil, wie sich zeigen wird. Die technische Voraussetzung dafür bietet der Video-Recorder, der außerdem — damit sind die Vorzüge dieses Gerätes noch nicht erschöpft — völlige Freiheit schafft für Ort und Zeit des Kurses, weil die Fernsehsendung ja auf dem Video-Band gespeichert ist.

Trotz der Kürzung des Films muß man mit der für die Besprechung verfügbaren Zeit haushälterisch umgehen. Schon deswegen können die oben angeführten Vorschläge für das Filmgespräch in unserem Fall nur als ein Katalog der Möglichkeiten und keineswegs als ein Pensum angesehen werden, das jeweils mehr oder minder zur Gänze absolviert werden muß. Man wird also besser ein bescheideneres Ziel anstreben, was die Menge der Gesprächsansätze anlangt, und jeweils das in den Mittelpunkt stellen, was dem Kursleiter besonders wichtig und ergiebig zu sein scheint, und nicht weniger, was sich erst im Laufe der Diskussion als anregend oder gar fesselnd erweist. Es muß auch keineswegs gerade die erlebnisstärkste Szene als Ausgangspunkt genommen werden, wie es auch nicht als Norm gelten soll, vor allem oder gar ausschließlich die Handlung, Thematik und Problematik zu erörtern. Ebenso wichtig ist es, die künstlerische Gestaltung des Films einsichtig zu machen, auf die Stimmung, die Funktion des Lichts, der Musik hinzuweisen, auf die Kameraführung, das Unausgesprochene, das stumme Spiel, die Zwischentöne, das menschlich Ergreifende, das sich dem an robuste Film- und Fernsehkost Gewohnten nicht von selbst erschließt, aber auch von dem verständnisvollen Zuseher wegen des raschen Ablaufs oder der Subtilität der Gestaltung nicht zur Gänze erfaßt wird.

Als Grundsatz, der gelegentlich auch durchbrochen werden kann, hat sich bewährt, die jeweils zur Verfügung stehende Zeit von mindestens 80 Minuten bis maximal 120 je zur Hälfte auf die Vorführung und die Besprechung aufzuteilen. Für die Praxis der unumgänglichen Kürzung der meist längeren Filme erweisen sich folgende, aus der Erfahrung kommende Hinweise als brauchbar:

* Der Kursleiter nimmt selbst die Sendung auf dem Video-Band[32] auf, notiert laufend den Gang der Handlung, aber auch, was ihm sonst aus anderen Gründen bemerkenswert scheint, und überlegt, was er bei der Vor-

führung aussparen und durch überleitende Worte überbrücken könnte. Die Zählvorrichtung des Video-Recorders macht es leicht, jede Filmsequenz eindeutig zu begrenzen und die Zeitdauer des Ablaufs bzw. der Einsparung einfach zu berechnen. Eine Uhr ist dabei eine zusätzliche Hilfe.

Er trachtet, mit zwei Bändern von je 45 Minuten Spieldauer auszukommen. Aus der Programmankündigung ersieht man, wie lange der Film läuft. Die „Überzeit" von erfahrungsgemäß meist 5 bis 20 Minuten bringt man ein, wenn man den „Vorspann"[33] wegläßt, beim Bandwechsel nach ca. 45 Minuten den Film laufen läßt, ohne vorerst das Videogerät einzuschalten (dafür aber genau über den ausgelassenen Teil sozusagen Buch führt), und erst einschaltet, wenn die Bandlänge für den folgenden Filmteil ausreicht. Das Ende des Films, je nachdem in der Länge von 20 bis 30 Minuten Spielzeit, soll möglichst ungekürzt bleiben.

Für eine weitere Möglichkeit der Kürzung bereits während der Bandaufzeichnung braucht man ein wenig Freude am Wagnis und Fingerspitzengefühl: Man schaltet während des Ablaufs des Films zeitweilig jeweils für mehrere Minuten das Aufnahmegerät ab, wenn eine Szene offensichtlich zu lang ausgesponnen zu sein scheint oder eine Episode entbehrlich, die Exposition zu breit oder die Milieuschilderung zuwenig ergiebig. Ununterbrochene aufmerksame Beobachtung schützt vor der Gefahr, unerwartet auftauchende Sequenzen, die bedeutsam sind und deren Erörterung besondere Ergiebigkeit verspricht (dies gilt auch für negative Aspekte, etwa für einen platten, aber „tief" sein wollenden Dialog, für Pseudo-Psychologisches, für schalen „Humor" statt Witz u. dgl.), zu übergehen. Rasches Einschalten rettet die Situation.

* Nimmt an Stelle des Kursleiters jemand anderer die Sendung auf, muß gegebenenfalls ein drittes Band verwendet werden, damit die Aufzeichnung ohne Kürzung — über die ja nur der Kursleiter bestimmen kann — erfolgt. Kann er zur Zeit der Ausstrahlung den Film ansehen, überlegt er dabei, wo und wie lange er da oder dort kürzen könnte, notiert die Zeit (z. B. 7 Minuten nach Beginn bis 15 Minuten) und das Handlungsgeschehen in der auszulassenden Bildfolge. So kann er in der Kursstunde auch ohne Benützung des Zählapparats[34] jeweils im richtigen Zeitpunkt aus- und einschalten.

Kann er die Originalsendung nicht verfolgen, muß er die Videobänder unbedingt vor der Verwendung im Literarischen TV-Kurs, und möglichst schon einige Zeit vorher, abspielen, damit er wie oben den Kursabend planen kann. Nicht nur aus technischen Gründen — weil der Film ja in der Regel gekürzt werden muß —, ebenso auch aus didaktischen ist es unerläßlich, daß der Dozent den Film kennt, soll das Filmgespräch mehr als ein improvisiertes unverbindliches Geplauder sein. Das ist noch weit mehr als bei den seit langem üblichen Filmdiskussionen bei den Literarischen TV-Kreisen eine Voraussetzung für den Erfolg, der hier als größter veranschlagt wird, weil gerade durch die Kürzung und die zwangsläufige oder auch gewollte Unterbrechung der Vorführung mit Hilfe des Video-Recorders eine stärkere Konzentration auf einzelne Szenen, bewußteres Aufnehmen, schärferes Sehen und Hören und so eine Verfeinerung des Geschmacks — und eben musische Bildung angestrebt wird.

In welchem Maße sich dieser Erfolg einstellt, hängt also weitgehend von der Planung, den Überlegungen und auch von der sachlichen Vorbereitung des Kursleiters ab. Da und dort soll die Erörterung im Kurs in die Breite und in die Tiefe gehen, literarische, historische, psychologische Aspekte müssen wahrgenommen, Assoziationen verschiedener Art, die sich bei den Hörern einstellen können, müssen ins Kalkül gezogen werden. Es bleibt ja nicht immer bei der bloßen gedanklichen und formalen Reflexion des Gesehenen und Gehörten. Welches sich jeweils ungezwungen anbietende literaturgeschichtliche Wissen vermittelt werden soll, muß gut überlegt worden sein, und ebenso, wo jeweils die erfolgversprechendsten Ansätze zur „Weckung und Stärkung der Erlebnisfähigkeit" zu finden sind. Wie sich noch zeigen wird, gehört es in bestimmten Fällen auch zur Vorbereitung, Texte, Anschauungsmaterial oder Schallplatten zu beschaffen.

Einen Literarischen TV-Kurs zu führen ist eine notwendige, schöne und dankbare Aufgabe, aber sie verlangt ein noch größeres Ausmaß an Idealismus, als Leiter von TV-Kreisen ohnedies immer erbringen müssen. Geldlich abgegolten wird die Überleistung nicht. Diese wird noch dadurch vermehrt und erschwert, daß die in Frage kommenden Sendungen fast nur abends um 20.15 Uhr ausgestrahlt werden und oft gerade die, auf welche der Kursleiter aus bestimmten Gründen Wert legt, erst ab 21 Uhr. Wer nimmt sie um diese Zeit auf Band auf, wenn nicht er selbst[35]!

Verschiedene Faktoren sind für die Programmauswahl bestimmend:
✶ Für den Anfang ist es ratsam, besondere Rücksicht auf die Ungleichartigkeit der Kursgruppe zu nehmen. Es sind nicht nur die Beweggründe[36] verschieden, die zum Besuch eines solchen Kurses veranlassen, auch die unterschiedliche Vorbildung muß beachtet werden ebenso wie die Altersdifferenz[37]. Es ist besser, eher einen — in der Regel wohl kleinen — Teil der Gruppe zu „unterfordern", als die Mehrheit abzuschrecken, wenn man seine Erwartungen zu hoch spannt und den Hörern zu früh schwierigere Problemfilme oder Aufzeichnungen moderner Bühnenstücke vorsetzt. Durch geschickte Gesprächsführung, direktes Ansprechen, Ersuchen um

Übernahme bestimmter Aufgaben, z. B. die Zusammenfassung des Inhalts in wenigen Sätzen, durch zusätzliche sachliche Informationen, die man beiläufig einfließen läßt, kann man auch anspruchsvolle Kursteilnehmer zufriedenstellen, ohne die anderen zu langweilen oder zu vergrämen[38].

Mit dem Abfall der für den Kurs Angemeldeten muß man rechnen, ja soll ihn sogar begrüßen, die seinen Zweck mißverstanden haben und nur gekommen sind, weil sie keinen Fernsehapparat haben oder nicht allein fernsehen wollen, eine der populären Unterhaltungssendungen erwarten und keinerlei Interesse an auch nur wenig Höherwertigem zeigen und schon gar nicht an der Auseinandersetzung über das Gesehene interessiert sind. Groß ist natürlich die Freude des Dozenten, wenn, es geschieht nur selten, sich solch ein Durchschnittskonsument doch zum regelmäßigen Kursbesuch entschließt, wenn schon am ersten Kursabend schlummernde geistige und seelische Kräfte geweckt worden sind.

✶ Die alten pädagogischen Grundsätze der Abwechslung und des allmählichen stufenweisen Fortschreitens vom Leichten zum Schwereren gelten auch hier. Die Programmvorschau des Fernsehens[39], die sich gewöhnlich auf vier Wochen erstreckt, läßt eine solche Planung zu. Allerdings ist auch da der Kursleiter auf seinen Instinkt in manchen Fällen angewiesen, wenn er seine Wahl auf Grund der Vornotiz trifft, die anfangs nur sehr karg, etwa 14 Tage vor dem Sendetermin allerdings reichlicher abgefaßt ist und eher ahnen läßt, was von der Sendung zu halten und wieweit sie für den Kurs geeignet ist.

✶ Wenn man erst bei oder nach der Bandaufzeichnung entdeckt, daß die Sendung kaum brauchbar ist, muß man auf die Verwendung verzichten und soll mit Gleichmut über die verlorene Zeit und Mühe hinwegsehen.

✶ Man beginnt also am besten mit einem älteren Spielfilm, etwa einem, der das Prädikat „wertvoll“ erhalten hat (solche Zusätze sind in der erwähnten Programmvorschau des Fernsehens enthalten), oder mit einem Fernsehspiel, das ein Gegenwartsproblem behandelt. Da ist kaum ein Mißerfolg zu befürchten, der ja am Beginn eines Kurses besonders unerfreulich wäre, weil er unweigerlich einen Hörerabfall nach sich zieht. Später, wenn aus den Kursteilnehmern eine „Gemeinde“ geworden ist, ist so ein Mißgeschick kein Unglück mehr, abgesehen davon, daß die Diskussion auch über eine Darbietung, die sonst wenig Beifall findet, wertvoll ist, weil in ihr das Für und Wider behandelt und die Motive der Ablehnung analysiert werden.

✶ Den Kursteilnehmern muß von Anfang an unmißverständlich klargemacht werden, daß die Sendungen, die im Kurs behandelt werden sollen, weder ein Programm für besondere Kenner noch für ausgesprochene Ästheten oder sogenannte Cinéasten sind, sondern Millionen Zusehern gefallen würden, wenn sie sich nur die Mühe nähmen, sie aufmerksam zu verfolgen. Für solche Menschen ist der Kurs gedacht, der ja nur bei diesem Bemühen einige Hilfe leisten will, z. B. zeigen, daß nicht nur die TV-Programme, die die Massen vor die Bildschirme locken, wert sind, gesehen zu werden, sondern auch die, die man meist geflissentlich meidet. Vielleicht stellt sich im Laufe des Kurses heraus, daß so mancher, sonst unbeachtet gebliebene Film oder ein TV-Spiel mehr an Spannung und Genuß zu bieten hat als etwa ein Serien„krimi" nach dem Muster von „Omer Pascha", „Al Mundy" u. dgl. Derartige Produktionen, Quizsendungen und Shows bleiben also grundsätzlich außer Betracht[40].

* Der Hinweis auf die „im Einvernehmen mit der Hörerschaft ausgewählten Sendungen" wird in der Regel nur mit der Einschränkung gelten, daß die Kursteilnehmer ihre Wahl unter den vom Vortragenden vorgeschlagenen Fernsehaufnahmen treffen. So kommt es gar nicht zu der unerwünschten Möglichkeit, daß die Mehrheit gerade mittelmäßige, aber bei den Massen beliebte Unterhaltungssendungen aussucht[41].

* Es hat sich sehr bewährt, für den Literarischen TV-Kreis gerade solche Sendungen aufzunehmen — falls sie sonst den Intentionen des Kursleiters entsprechen —, die zur Zeit der Ausstrahlung besonders populärer Produktionen im anderen Programm gezeigt werden. Das hat zweierlei Gründe: Bei der Behandlung im Kurs soll sich ergeben, daß es nicht minder reizvoll, vielleicht sogar befriedigender gewesen wäre, die vernachlässigte Sendung anzusehen. Außerdem ist mit hoher Wahrscheinlichkeit anzunehmen, daß die große Mehrheit auch der Kursbesucher den im Kurs gezeigten Film oder das TV-Spiel nicht gesehen hat, und erfahrungsgemäß ist ihnen das lieber, jedenfalls bis der Kurs seine geschmacksbildende Wirkung erreicht hat. Das ist durchaus verständlich. Die Erwartung des Neuen, Unbekannten und die Spannung beim Handlungsablauf ist nicht nur beim „Krimi"-liebhaber, sondern auch bei den meisten Sehern, Hörern und natürlich auch Lesern größer und wichtiger als dem literarischen Feinschmecker, der bei der Wiederholung mehr gewinnt.

* Im Kontrastprogramm zu den Sendungen mit hohem Beliebtheitsgrad sind oft erfreulicherweise Fernsehspiele zu sehen, die für den Kurs besonders wertvoll sind. Abgesehen von dem äußerlichen Vorteil der kleineren Spieldauer — sie müssen für den Kurs meist nur wenig oder gar nicht gekürzt werden — verdienen sie als eine neue Kunstform mehr Beachtung als Filme herkömmlicher Art, die das Fernsehen ausstrahlt.

Film- und Fernsehspiel

Wer sich nicht mit dieser Frage näher befaßt hat, wird zwischen Film und Fernsehspiel, vor allem weil sie nunmehr beide über den Bildschirm vermittelt werden, kaum einen beachtenswerten Unterschied finden, von der Größe der Projektionsfläche im Lichtspieltheater natürlich abgesehen. Das kleine Bildschirmformat erzwingt aber einen anderen Darstellungsstil als den für Bühne oder Großfilm geeigneten und erfordert eine andere Regie. Theatralisches Pathos wäre durchaus verfehlt, erstrebt wird eine intime, psychologisch nuancierte Wirkung, die vor allem vom Gesicht der Darsteller ausgeht. Die Großaufnahme des Gesichts oder auch nur seiner Teile, der Augen, Lippen etwa, oder von sonst unbeachtet gebliebenen Einzelheiten lenkt die Aufmerksamkeit des Betrachters in die vom Regisseur gewünschte Richtung weit wirksamer als etwa die Lichtführung der Scheinwerfer auf der Bühne und macht den Nachteil der kleinen Fläche gegenüber dem Kinofilm, der ja auch über das Mittel der Großaufnahme verfügt, durch die große räumliche Nähe wett.

Wieweit jedoch der sogenannte „Wohnstubeneffekt“[42] des Fernsehens, der den Sprecher oder den Schauspieler gleichsam ins Zimmer stellt und ihn, der sich sozusagen ins Ohr der Zuhörer flüstern kann, in die Intimsphäre der Familie einbezieht, das Fehlen des Gemeinschaftserlebnisses[43], das sogar schon das Kinotheater, vielmehr natürlich die Bühne mit ihren wirklichen Menschen statt ihrer Abbilder hervorruft, kompensieren kann, ist eine strittige Frage.

Nur Stoffe mit wenigen Personen und Handlungsorten sind für das TV-Spiel geeignet, das in der Regel nicht länger als 90 Minuten dauern soll. Hier drängt sich unweigerlich der Vergleich mit der Aristotelischen Poetik und der Auslegung der „drei Einheiten von Ort, Zeit und Handlung“ in der Zeit der Klassik, insbesondere der französischen, auf! Der kleine Bildschirm legt auch eine Beschränkung des szenischen Aufwands nahe und schließt Monumentalstoffe aus, die nach wie vor dem Kinofilm vorbehalten sind. Dies erklärt auch, warum die Filmproduzenten, um sich in dem harten Konkurrenzkampf mit dem Fernsehen einigermaßen zu behaupten, vorwiegend Filme mit Massenszenen herstellen. Daß sie auch auf durchaus läppische und unkünstlerische Sexualaktreihen ausweichen oder besonders brutale, nur auf primitive Effekte berechnete Produkte herstellen, läßt sich damit begründen, daß sich das Fernsehen in dieser Hinsicht Hemmungen auferlegen muß.

Kennzeichnend ist auch die Bevorzugung realistischer, auch zeitbezogener Stoffe mit genauen Milieuschilderungen. Schließlich muß das TV-Spiel auch auf die Millionenzuschauerschaft Rücksicht nehmen. Dies ist auch von Einfluß auf die Gestaltung von Originalstoffen und für die Bearbeitung von literarischen Vorlagen für TV-Spiele.

Theoretisch können alle Formen der dramatischen und epischen Literatur, vor allem Bühnenstück, Roman, Novelle, Kurzgeschichte, Hörspiel, als Vorwurf für TV-Spiele dienen.

Das Dokumentarspiel ist eine sehr fesselnde Abart des TV-Spiels, das jedoch originär nicht aus dem Medium Fernsehen entstanden ist, sondern seinen Vorläufer wohl in bestimmten Bühnenproduktionen der Nachkriegszeit hat[44]. Es behandelt zeitgeschichtliche, aber auch historische Themen auf Grund authentischer Unterlagen. Die Gestaltung hängt sehr von der Eigenart des Drehbuchs und des Regisseurs ab, zeigt aber in der Regel Einflüsse des expressionistischen wie auch des epischen Theaters.

Zu den bereits angeführten vornehmsten Zielen des Literarischen TV-Kurses, der Verfeinerung des künstlerischen Geschmacks (und der sich hieraus ergebenden kritischeren Haltung gegenüber den Unterhaltungsprogrammen des Fernsehens), der kultivierteren Programmwahl und den anderen Aufgaben, wie der Hilfeleistung beim Verständnis des Gesehenen und Gehörten, der Erkenntnis der Problematik, dem Erfassen der künstlerischen Werte u. dgl., tritt nun, keinesfalls unerwünscht und durchaus im Dienst der Zielsetzung und im Einklang mit den übrigen Aufgaben, ein neuer Arbeitsbereich: die Eigenart der einzelnen Gattungen der Fernsehdarbietungen erkennen und miteinander vergleichen zu lassen. Besonderen Ertrag verspricht dieses Bemühen bei den fernseheigenen Produktionen, also den TV- und Dokumentar-Spielen, aber auch bei den Aufzeichnungen von Theateraufführungen. Wenn es sich machen läßt, den Text der Vorlage zu beschaffen, nach der ein TV-Spiel gestaltet ist, den Roman oder die Novelle z. B., soll man sich die Gelegenheit nicht entgehen lassen, beides in die Kursstunde einzubeziehen, zu zeigen etwa, warum dies oder jenes im Spiel weggelassen oder verändert worden ist, nach den Motiven zu suchen, warum dies geschehen ist und welchen Vorteil oder Nachteil in sachlicher oder künstlerischer Hinsicht es gebracht hat.

Bei der Diskussion von Dokumentarspielen wird sich das schwere Problem der historischen Wahrheit anbieten, bei solchen mit einem zeitgenössischen Hintergrund der aktuelle Gehalt.

Wird sich in der Regel herausstellen, daß diese Spiele mediengerecht[45] geboten werden, ohne Rücksicht darauf, ob sie wegen ihres Inhalts und ihrer Problematik allgemeines Gefallen finden, so können Aufzeichnungen von Theaterstücken, in Wirklichkeit also fotografiertes Theater, beim Vergleich mit ihrer Wirkung bei der Aufführung nur schlecht abschneiden. Warum dies so ist, kann ein fesselndes Gesprächsthema im Literarischen TV-Kreis sein. Sein Ergebnis soll trotzdem den Wert solcher Aufzeichnungen erweisen, aber auch deswegen zum Theaterbesuch anregen.

Wenn auch bei solchen Aufzeichnungen durch die Verwendung mehrerer Kameras und die moderne Aufnahmetechnik Großaufnahmen in Grenzen möglich sind und Effekte des TV-Spiels angewendet werden, bleiben so vermittelte Bühnenstücke doch nur Surrogat. Überraschenderweise kann ihre Wirkung gerade durch den Zwang des Kürzenmüssens, der ja in der Regel als Nachteil angesehen werden muß, gesteigert werden. Dies gilt auch für die Darbietung von Kinofilmen im Literarischen TV-Kreis. Längen, die im Theater weniger als solche empfunden und daher hingenommen werden, rufen vor dem Bildschirm Langeweile hervor — diese aus der Erfahrung bekannte Tatsache zu erklären, wäre ein weiteres dankbares Diskussionsthema —, aber die gekürzte Fassung strafft das Geschehen, wenn Entbehrliches fortgelassen wird.

Kein Anlaß zur Entrüstung! Auch der Vorwurf von „Häppchen"-Literatur[46] oder Reader's-Digest-Manier wäre nicht gerechtfertigt. Kürzungen von Bühnenstücken und andere dramaturgische Eingriffe sind aus der Geschichte des Theaters seit eh und je bekannt.

Kürzen und Unterbrechen

Verfilmungen von Dramen oder Romanen vertragen solche Kürzungen leichter als TV-Spiele nach den gleichen Vorlagen, weil diese, wie erwähnt, an sich kürzer und daher geschlossener sind. Aber diese müssen auch bei der Vorführdauer von etwa einer Stunde, die im Kurs zur Verfügung steht[47], weit weniger beschnitten werden. Bei Novellen oder Kurzgeschichten als Vorlage ist die Aufgabe des Kürzens heikler, aber doch auch befriedigend lösbar[48].

Auch die Notwendigkeit der ein- oder auch mehrmaligen Unterbrechung der Wiedergabe der Sendung schon auf Grund der Video-Bandlänge von bloß 45 Minuten, aber auch aus didaktischen Motiven, soll keine Besorgnisse erwecken. Auch im Theater gibt es fast immer wenigstens eine größere Pause und kleinere Unterbrechungen. Aber zum Unterschied von dort, wo das Publikum weniger Interesse an einem anregenden Gespräch über das Gesehene als — das gilt natürlich nicht allgemein — an einem günstigen Platz beim Buffet zeigt, nützen die Besucher des TV-Kreises die Zeit, die der Bandwechsel anbietet, und zum Teil wohl auch die darauf folgende, für Klärung, Aussprache, Frage, Kritik und Urteil[49].

Auf diese Weise wird die scheinbare Not zur Tugend! Und hier erweist sich der Video-Recorder, dessen Nützlichkeit sich bisher nur in seiner Fähigkeit, Fernsehsendungen zu speichern und zu beliebiger Zeit zu reproduzieren, gezeigt hat, auch als ein didaktisches Hilfsmittel allerersten Ranges. Was für seine Verwendung in Begleitkursen zu Bildungssendungen des Fernsehens allgemein gilt[50], ist mit sinngemäßen Einschränkungen auch auf den Literarischen TV-Kreis anwendbar. „Der Kursleiter kann mitten in die Sendung eingreifen, unterbrechen, wo es ihm nötig erscheint, um zu helfen, das Gehörte/Gesehene zu verarbeiten, auf das Kommende, wenn nötig, hinzuführen, allzu Schweres vorwegzunehmen, vor allem aber, um Besinnungspausen zu schaffen!“[51]

Eine Bildungssendung kann tatsächlich ohne Schaden jederzeit unterbrochen werden, weil es sich bei dieser fast immer ausschließlich um rationale Vorgänge handelt, während die Themen im Literarischen TV-Kreis im engeren oder weiteren Sinn des Wortes vor allem dem musischen Bereich zugehören. Hier geht es also auch um die Aktivierung und Bereicherung des Gefühlslebens[52], und darauf ist beim Unterbrechen Rücksicht zu nehmen. Man wird also keine Sequenz zerreißen, ebensowenig Szenen mit starkem emotionellen Gehalt, und abwarten, bis der Handlungsverlauf ruhiger wird oder der Schauplatz wechselt. Auf das Kommende hinzuführen[53], heißt hier nicht sosehr, Hilfe zum Verständnis des kommenden, vielleicht schwerer zu durchschauenden Handlungsverlaufes zu leisten, sondern mehr die Aufmerksamkeit auf psychologisch Bemerkenswertes, auf Einzelheiten der künstlerischen Gestaltung oder auf Umstände zu lenken, die von den Hörern auf ihren Wert hin untersucht und beurteilt werden sollen. So kann auch Mißlungenes in der Sendung als solches erkannt und, wie schon früher angedeutet[54], didaktisch fruchtbar gemacht werden.

Einen besonderen Anreiz und Spannung auf hoher Ebene bringt in die Kursstunde die vom Dozenten gestellte Frage über das Geschehen in dem ausgelassenen Teil, die Erörterung der Antworten und schließlich der Vergleich mit dem tatsächlichen Ablauf. Wenn die Zeit knapp ist, begnügt man sich mit wenigen überleitenden Sätzen. In gleicher Weise geht man vor, wenn die Sendung vor einer Kürzung unterbrochen wird. In der Praxis wird sich die Gelegenheit hiezu sehr oft gerade vor dem Einlegen des zweiten Video-Bandes ergeben, weil der Kursleiter jeweils nach der zur Verfügung stehenden Zeit, einschließlich der für die Besprechung erforderlichen, das Ausmaß der Auslassung abschätzt, diese entsprechend überbrückt und das Band erst von der von ihm gewünschten Stelle an weiterlaufen läßt[55].

Der Bildungswert solcher „Pausengespräche" ist offensichtlich. Sie tragen überdies unbemerkt dazu bei, daß man die Auffassung anderer über künstlerische Probleme leidenschaftslos anhört und seine eigene Meinung nicht absolut setzt. „Damit soll selbstverständlich niemandem sein persönliches Recht bestritten werden, an künstlerischen Produkten Gefallen zu finden oder — in gar nicht wenigen Fällen auch nicht unbegreiflich — Ärgernis zu nehmen. Es soll sich dabei aber jeder der Subjektivität seines Urteils bewußt sein und nicht als autoritärer Kunstrichter auftreten."[56]

Wiederholen

Wiederholungen einzelner Stellen oder Szenen — größere Partien oder gar ganze Aufzeichnungen kommen in der Praxis kaum in Betracht — werden wegen der Knappheit an Zeit nicht allzu häufig sein, aber man darf sie keinesfalls gänzlich außer acht lassen. Ein nicht genug zu rühmender Vorzug der Darbietung mit Hilfe des Video-Recorders — zusätzlich zu dem der Möglichkeit jederzeitiger Unterbrechung — ist ja gerade die sich immer anbietende Gelegenheit zur mühelosen Wiederholung.

Was und wann es wiederholt wird, ist immer von den jeweiligen Gegebenheiten und der didaktischen Absicht des Kursleiters abhängig. Den Ablauf zu stoppen und eine Sequenz gleich zu wiederholen, kann nur die Ausnahme sein, die Regel jedoch, Unklarheiten zu beseitigen oder Meinungsverschiedenheiten über Sinn und Gestaltung bestimmter Stellen, die in der Diskussion auftreten, dadurch aufzuheben, daß man solche strittige Szenen nachher noch einmal zeigt. Die Milieuzeichnung, die Darstellung eines Charakters, die Symbolbedeutung einzelner Bilder, die Hintergründigkeit von Dialogstellen zeigt sich gerade bei gehaltvollen Produktionen oft in Details, die der Seher/Hörer nicht oder kaum beachtet und deren Aussagekraft er nicht wahrnimmt. In der Vorbesprechung des Kommenden kann, wie schon oben gesagt, der Kursleiter auf solche künstlerische Mittel bereits hinweisen[57], aber Verständnis, Wirkung und innere Anteilnahme durch solche Wiederholungen vertiefen[58].

Wenn auch kaum bestritten wird, daß ein gleichrangiges Bühnenstück, das von unmittelbar präsenten Menschen dargestellt und in der Gemeinschaft des Auditoriums im Theater gesehen wird, den dramatischen Darbietungen des Fernsehens an Wirkung überlegen ist und weit eher zu einem Erlebnis werden kann[59], soweit das Publikum Bereitschaft und Fähigkeit hiezu mitbringt, so mag doch die Meinung nicht als anmaßend abgetan werden, daß auf ein weniger kundiges Auditorium mit geringer Theatererfahrung die Darbietung eines Fernsehspiels in der geschilderten Art im Literarischen TV-Kurs mehr Eindruck machen kann — nicht muß! — als die unkommentierte Sendung oder sogar eine Aufführung im Theater[60]. Der folgende Hinweis könnte diese immerhin ungewöhnliche Mutmaßung stützen:

Alle hier erörterten Fernsehsendungen sind Literatur und dem Bereich des Dramas zuzuordnen. Ein Wesensmerkmal des Oberbegriffes ist das Wortkunstwerk, für das Drama ist, zumindest in der Regel, der Dialog eine konstitutive Eigenschaft, die auch dem Oberbegriff untergeordnet ist[61]. Aber wie oft verliert sich das Wort in seiner künstlerischen Ausprägung im Theater, gehen die geistreichen, tiefsinnigen, sarkastischen und witzigen Pointen im Fluß des Ablaufs unter, fehlt die Zeit zur Besinnung und zum Auskosten von Wortspielen und zum Genießen der Aura, die einen klug und geschmackvoll gewählten Ausdruck umgibt! Um wieviel mehr trifft dies für das Fernsehen zu, dem man doch aus verschiedenen Gründen nicht mit der gleichen Aufmerksamkeit zu folgen pflegt wie dem Geschehen im Theater! Die Übung, Stücke vor der Aufführung, vor allem aber nachher zu lesen, ist im allgemeinen außer Gebrauch gekommen. Erst beim Lesen würde sich die Sprachgewalt eines Autors voll erschließen, vorausgesetzt, er verfügt über eine solche. Aber abgesehen von der veränderten Haltung zum Theater, sind Texte zu Spielen, die auf literarischen Vorlagen fußen, wohl gelegentlich zu haben, nicht aber zu Spielen, die auf freier Erfindung oder dokumentarischen Grundlagen beruhen.

Die eben angestellten Erwägungen führen zu der Frage, welchen Standpunkt der Kursleiter in dem Prinzipienstreit[62] der Literarhistoriker beziehen soll, auch wenn von ihm selbst keine, im wörtlichen Sinn verstandene, wissenschaftliche Tätigkeit gefordert wird.

In den letzten Jahrzehnten hat sich trotz aller Zerrissenheit der Auffassungen in der Literaturwissenschaft doch weitgehend die Forderung durchgesetzt, „die Literaturwissenschaft habe es in erster Linie mit dem ihr aufgegebenen Gegenstand: der Dichtung selbst, zu tun und müsse daher Mittel und Methoden ausbilden, der Dichtung als Dichtung, d. h. als sprachlichem Kunstwerk, gerecht zu werden“[63].

Zu dieser Aufgabe tritt nach dem bedeutenden Literarhistoriker Benno von Wiese, von dem die obige Formulierung stammt, die Notwendigkeit, das einzelne Werk nicht nur interpretierend zu erschließen, sondern die Dichtung auch in dem „übergreifenden Zusammenhang des geschichtlichen und sozialen Lebens“ zu betrachten[64].

Interpretieren

Das Problem stellt sich im Literarischen TV-Kreis leichter dar, weil sowohl die Interpretation des Dichterischen wie auch die Untersuchung historischer und sozialer Bezüge[65] nur Teile des Aufgabenbereiches des Dozenten sind, nur Mittel zur Erreichung seines eigentlichen Zieles, aber nicht dieses selbst sind, nämlich, wie hier schon mehrmals zum Ausdruck gekommen ist, die Fähigkeit zum kritischen, gegebenenfalls auch gefühlsbetonten Betrachten von Fernsehsendungen, die in den Bereich des Literarischen fallen, zu entwickeln und das Geschmacksniveau zu erhöhen.

Es liegt daher in seinem Ermessen, wieweit er, je nach seiner Vorliebe und Einstellung, seinem Wissen und Können, in seine literaturpädagogische Tätigkeit die Literaturwissenschaft einbezieht. Es handelt sich ja in keinem Fall darum — derartiges würde den Kurs von vornherein zum Scheitern bringen —, eine Sendung in allen ihren Aspekten zu analysieren und zu interpretieren, sondern immer nur um exemplarische Hinweise und um Verlebendigung. Am Ende eines Kurses stellt sich dann doch auch ein Ganzes im Sinne seiner Zweckbestimmung heraus.

Entspricht der Dozent den Forderungen, „gelehrt und musisch zugleich zu sein“, die an den „geplagten Literarhistoriker“ — nach Wiese — gestellt werden — in entsprechendem Abstand von dem eigentlich „Gelehrten“ — auch nur einigermaßen, so wird seine Arbeit im Literarischen TV-Kreis erfolgreich sein. Es kommt eben, wenn auch hier noch mehr als sonst bei pädagogischer Tätigkeit, auf die „lebendige Persönlichkeit“[66] an. Wer selbst von einer künstlerischen Schöpfung innerlich berührt werden kann oder von ihrer Problematik geistig angeregt wird, fesselt seine Hörerschaft, und um so eher, je besser er von den Möglichkeiten des Video-Recorders, zu unterbrechen und zu wiederholen, Gebrauch zu machen versteht.

Die in dieser Arbeit entwickelten Gedankengänge beruhen auf einer jahrzehntelangen Befassung mit audiovisuellen Medien, vorwiegend mit den methodisch-didaktischen Fragen bei der Verwendung von Hörfunk und Fernsehen in Schule und Volksbildung.

Die Überlegungen zum Literarischen TV-Kurs und die Hinweise für seine Durchführung stützen sich überdies auf drei Jahre praktischer Erfahrung bei der Leitung solcher Kurse an zwei Wiener Volkshochschulen. In einer Volkshochschule wurde der Kurs in den Jahren 1970/71, 1971/72 und 1972/73 geführt. (Er soll im Kursjahr 1973/74 fortgesetzt werden.) Parallel dazu wurden jeweils die gleichen Sendungen im Frühjahrs- und Sommertrimester 1972 und während des ganzen Kursjahres 1972/73 auch an einer anderen Volkshochschule in einem TV-Kreis behandelt. (Ebenfalls Fortsetzung ab Oktober 1973 geplant[67].)

Im folgenden eine zahlenmäßige Übersicht über die Art der in den Kursjahren 1970/71 und 1971/72 behandelten Sendungen.

Beispiele aus der Praxis der Kursabende

Von den insgesamt 38 Darbietungen waren

* 4 Kinofilme (Spielfilme): „Die Marquise von B.“ (1. Teil), „Die goldene Karosse“, „Jenny“, „Schiff ohne Heimat“.
* 7 Kinofilme (Problemfilme und Filme nach literarischen Vorlagen): „Der blaue Engel“, „Der Fall Maurizius“, „Der Prozeß der Jeanne d’Arc“, „Infam“ u. a.
* 8 TV-Spiele (nach literarischen Vorlagen), z. B. „Ein Volksfeind“, „Krebsstation“ (1. Teil), „Dr. Murkes gesammeltes Schweigen“, „Sterben“, „Herbst“.
* 5 TV-Spiele (frei erfunden), z. B. „Abendstunde im Spätherbst“, „Die Enthüllung“.
* 1 Dokumentarspiel: „Gale ist tot“.
* 8 Sendungen mit vorwiegend bildendem und informativem Inhalt, darunter „Das Theater“, „Gott im weißen Mantel“, „Die neue Schule“.
* 1 Stummfilm: „Die freudlose Gasse“.
* 1 Trickfilm: „Orphèe“.
* 2 künstlerische Sendungen: „Das kleine 2 mal 1“, „G’schichten aus Wien“[68].

Es ist offensichtlich unmöglich, hier auch nur kursorisch über den Ablauf der einzelnen Kursabende zu berichten, was jeweils und wie es erarbeitet wurde, in welcher Phase der freien Diskussion, dem fragend-entwickelnden Verfahren oder dem Lehrerwort allein der Vorrang eingeräumt wurde, wie sich im einzelnen die Einführung und Vorbereitung abgespielt hat, wo und wie gekürzt oder wiederholt wurde, worauf sich die Interpretation im einzelnen, ob jeweils mehr auf das Literarisch-Künstlerische oder Sachlich-Instruktive erstreckt hat usw. An einem Beispiel soll ein wenig ausführlicher, aber keineswegs erschöpfend die Tätigkeit des Kursleiters dargestellt werden, über einige andere Abende im Literarischen TV-Kreis folgen Hinweise in Schlagwortform.

✶ „Sterben“, ein Fernsehspiel von Leopold Ahlsen nach der gleichnamigen Novelle von Arthur Schnitzler. Wie immer bei Sendungen nach literarischen Vorlagen wird die Hörerschaft befragt, was sie von dem Dichter weiß. Die Antworten werden durch knappe Angaben über Leben und Werk ergänzt (Arzt, 1862—1931[69], „Liebelei“, „Professor Bernhardi“, „Leutnant Gustl“, Sohn Regisseur im Theater in der Josefstadt), einige weitere Angaben nach der Zusammenfassung am nächsten Abend, wenn das Interesse an der Persönlichkeit nach dem Eindruck, den die Dichtung gemacht hat, gewachsen ist.

(Hier ist eine Zwischenbemerkung nötig: Entgegen der herkömmlichen Regel, ein Thema jeweils an einem Abend abzuschließen, erweist es sich, jedenfalls in einem TV-Kurs, als vorteilhaft, in der folgenden Kursstunde den letzten Abend ins Gedächtnis zurückzurufen, bevor man zum nächsten Programm übergeht. Etwa noch offene Fragen werden abgeschlossen und weitere Informationen vermittelt. Gemeinsam mit der Hörerschaft wird eine Zusammenfassung formuliert, die für das „Kurstagebuch“ — das zu führen natürlich jedem freigestellt ist — bestimmt ist[70]. Nicht nur, daß man sie „getrost nach Hause tragen“ kann — solche Notizen sind gleichsam ein Damm gegen die Flut der Sendungen, die meist schon nach wenigen Tagen dem Gedächtnis völlig entschwinden. Das ist angesichts des Massenkonsums von Banalem und Trivialem zwar nicht bedauerlich, aber solche Aufzeichnungen verhindern, daß auch Bemerkenswertes und Wertvolles ebenso untergeht, und helfen dem Leser beim Durchblättern auch nach Monaten oder gar Jahren, sich zu vergegenwärtigen, was entweder als Ganzes oder in einem seiner menschlichen, künstlerischen oder auch nur sachlichen Aspekte erinnerungswürdig ist.)

Als zentrales Thema erweist sich der Zwiespalt, in den das hingebungsvoll liebende junge Mädchen mit seinem natürlichen Lebenstrieb gerät, als der todkranke Freund von ihr die Erfüllung ihres Versprechens, mit ihm zu sterben, fordert.

Den seelischen Vorgang in seiner psychologischen Entwicklung bis zu dem Augenblick, da sie der Wirklichkeit des Sterbenmüssens gegenübergestellt ist, das Überschlagen der unnatürlichen Todesbereitschaft in das Gefühl der Erlösung, als der Geliebte stirbt, und in die kreatürliche Freude am wiedergewonnenen Leben zu zeigen und gefühlsmäßig nahezubringen, ist das oberste Ziel der Interpretation. Das Charakterbild des Mannes wird erörtert. Wieweit und mit welchen Mitteln in dem Spiel die Atmosphäre der Novelle nachgezeichnet und der „innere Monolog“ als spezifisch episches Darstellungsmittel dramatisch umgesetzt wird (durch halblaut mitgesprochene Tagebucheintragungen!), sind weitere Themen. „Liebelei“ — ein Teil der Hörer kennt das Stück — wird in das Gespräch einbezogen.

Zwei Szenen der Novelle werden vorgelesen und mit ihrer filmischen Gestaltung verglichen. Beide Szenen werden auf dem Bildschirm wiederholt. Eine Szene gewinnt durch die Straffung an äußerer Dramatik, eine andere verliert an Wirkung, weil die breitere Darstellung der seelischen Vorgänge in der Novelle beim sorgfältigen Lesen psychologisch glaubhafter und eindringlicher ist.

* „Dr. Murkes gesammeltes Schweigen“, ein Fernsehspiel nach einer Erzählung von Heinrich Böll. Das folgende ist ein Beispiel für den Wortlaut einer Eintragung in das „Tagebuch“ und zeigt ebenso in gedrängter Form Inhalt und Ziel der Interpretation:

„Die Satire sieht hinter die Kulissen des pausenlosen Betriebes einer Rundfunkstation, deckt die Seelenlosigkeit und die leere Routine auf. Die Hohlheit, Eitelkeit und das Geltungsbedürfnis werden in der Gestalt eines ‚Kulturschwätzers‘ enthüllt. Der Betriebsamkeit wird die Kostbarkeit des Schweigens, der Ruhe und Besinnung gegenübergestellt.“

* „Das kleine 2 mal 1.“ Lieder, Duette und Parodien aus drei Jahrhunderten, zusammengestellt von Hans Weigel.

* „Die goldene Karosse“, Spielfilm.

* „Das Theater“, eine Schulfernsehsendung aus der Reihe „Brücken zum Menschen“.

Der glückliche Umstand, daß diese drei Sendungen in einem Monat ausgestrahlt und auf TV-Band aufgezeichnet wurden, ermöglichte die Durchführung einer Art von „Konzentrationsunterricht“, eines von Pädagogen wie Andragogen besonders geschätzten, wenn auch nur selten verwirklichten Verfahrens. Außer der üblichen Interpretation jeder Sendung in verschiedenen Richtungen ergab sich die Gelegenheit, alle drei auf ein bestimmtes Ziel zu konzentrieren: einen lebendigen Einblick in die Geschichte des Theaters zu geben, dabei die Commedia dell'arte herauszuheben und besonderes Gewicht auf die von dieser zum Teil beeinflußten Altwiener Volkskomödie zu legen. Die Video-Bänder wurden an den drei Abenden, die dieser Aufgabe gewidmet wurden, je nach Bedarf wechselseitig in Teilen eingesetzt und wiederholt.

Eine Aufführung einer italienischen Komödiantentruppe in einer südamerikanischen Stadt in dem Film „Die goldene Karosse“ bildete den Ausgangspunkt, der Schulfilm „Das Theater“ bot eine Gesamtübersicht, und die künstlerische Leistung von Elfriede Ott in dem „Kleinen 2 mal 1“ stellte den Höhepunkt dieser Trias dar.

Hier erwies sich auch die oben gemachte Behauptung (Seite 17), auch schlechte Sendungen („Das Theater“), vom Standpunkt ihrer Verwendbarkeit ohne Video-Recorder beurteilt, könnten nutzbringend eingesetzt werden, als richtig. Mit dem Video-Recorder wurde die in diesem Fall geradezu groteske Informationsdichte übersehbar und faßbar aufbereitet, durch mehrmaliges Unterbrechen, Erklären, Wiederholen und Aufteilung auf zwei — in diesem Fall sogar auf drei! — Abende.

* „Der Prozeß der Jeanne d'Arc.“ Ein Film nach Originaltexten aus den Prozeßakten. Stoffgeschichte: Von religiös-mystischer Auffassung zu realistisch-kritischer Behandlung; Entheroisierung und Vermenschlichung. Beispiele durch Vorlesen und Schallplatten. Aktualisierung: Verhörmethoden in unserer Zeit, „Gehirnwäsche“.

* „Abendstunde im Spätherbst“, Schauspiel von Friedrich Dürrenmatt. Als bittere Satire auf die Sensationsgier und Vergötzung der Brutalität interpretiert. Auch die dämonische Größe des Massenmörders fasziniert! Unterschied zwischen diesem spannenden Kriminalfilm von bedeutender Aussagekraft und dem Serien-„Krimi“!

* „Die freudlose Gasse“, Stummfilm aus dem Jahre 1925. Untersuchung der Stilmerkmale. Sozialkritische Tendenz bei sonst kolportagehafter Handlung. Nur drei Szenen gezeigt — ganzer Film heute kaum erträglich, trotz der Hochschätzung zur Entstehungszeit. Stummfilmstar Asta Nielsen. Anfänge Werner Krauß' und Greta Garbos. Österreichischer Regisseur G. W. Pabst. Ausstellung in Laxenburg[71].

Marian Heitger hat in seiner Sendereihe „Erziehen, Lehren, Lernen“ den Satz geprägt: „An jedem Fach kann sich der Bildungsprozeß entzünden.“ Man könnte modifizierend sagen: Jede Fernsehsendung kann im Literarischen Fernsehkreis der Anlaß zur Verbesserung des literarischen Geschmacks sein.

Paul Lazarsfeld meint in seinem Bericht über „Forschungen auf dem Gebiet des künstlerischen Geschmacks“: „Vom gesellschaftlichen Standpunkt aus gesehen, ist es auch nicht wahrscheinlich, daß wir großen Teilen der Bevölkerung eine schöngeistige Bildung aufzwingen können, da ihre Erziehung und ihr tägliches Leben sie dafür nicht empfänglich machen kann. Wir haben viel bessere Chancen, zur Lösung des Problems des künstlerischen Geschmacks beizutragen, wenn wir die Existenz verschiedener Bildungsschichten akzeptieren und versuchen, das Niveau innerhalb jeder dieser Schichten zu untersuchen und zu verbessern."[72]

Ein verheißungsvolles Mittel dazu scheint der Literarische Fernsehkreis zu sein.

Diese Schrift soll vor allem eine Anregung für die Volkshochschulen sein, solche Kurse in ihr Bildungsprogramm aufzunehmen.

III. ANMERKUNGEN

Theater, Film, Fernsehen gestern und heute

[1] Es gab ja nicht nur, wie auch sonst Literaturkundige oft irrigerweise glauben, die drei bekannten Vorstadtbühnen, die zwischen 1770 und 1780 gegründet wurden (Theater in der Leopoldstadt, Theater in der Josefstadt, Theater nächst der Wien), sondern zahlreiche andere — meist von kurzer Lebensdauer — in allen Bezirken der Stadt, und dazu auch genug Buden, wo die „Hütten- und Kreuzerkomödien" gespielt wurden (vgl. Joseph Gregor, Geschichte des österreichischen Theaters, Wien 1948, S. 151).

Eine ähnliche, gleichsam monopolhafte Rolle spielte die Volkskomödie in ihren nationalen Ausprägungen in England, Spanien, Frankreich, und in Italien bekanntlich als Commedia dell'arte. Auch die „groundlings" im „pit" des Elisabethanischen Theaters ebenso wie das Publikum der Wandertruppen seit dem 16. Jahrhundert auf dem Kontinent befriedigten so ihre Schaulust, ihr Bedürfnis nach Erbauung, „unerhörten Taten" wie nach schrankenloser Heiterkeit.

„Das Theater ist von den weltlichen Institutionen die einzig überbliebene, gewaltige und gemeingültige, die unsere Festfreude, Schaulust, Lachlust, Lust an der Rührung, Spannung, Aufregung, Durchschütterung geradehin an den alten Festtrieb des alten, ewigen Menschengeschlechtes bindet. Das Theater hat seine Wurzel tief und weit in den Unterbau getrieben, auf dem vor Jahrtausenden das Gebäude unserer Kultur errichtet wurde; wer sich ihm ergibt, ist über manches, das andere begrenzt und bindet, hinweggehoben . . ."

Als Hugo von Hofmannsthal diese Sätze schrieb, gab es noch kein Fernsehen.

[2] „Es (das Fernsehen) hat auch kommunikative Verhaltensweisen geformt; es wirkt ergänzend (komplementär) im Hinblick auf die anderen Medien Hörfunk und Tagespresse, dagegen verdrängend (substitutiv) auf Film- und Theaterbesuch" (Brockhaus-Enzyklopädie, 17. Aufl., 1968, 6. Bd., Auswirkungen des Fernsehens, S. 163).

„Ein Massenmedium schrumpfender Bedeutung ist der Film. Im Jahre 1958 zählten die österreichischen Kinos rund 122 Millionen Besucher, im Jahre 1969 nur noch 40 Millionen. Anders gesagt: Der Durchschnittsösterreicher ging 1958 etwa siebzehnmal ins Kino, 1969 nicht einmal mehr sechsmal; der Stadtbewohner öfter, der Landbewohner seltener. Aber auch in der Altersgliederung der Kinobesucher zeigen sich Unterschiede: Die jungen Menschen gehen viel häufiger ins Kino als die älteren, beziehen dort ihr Weltbild und ihre Verhaltensweisen. Wird überall, wo dies möglich ist, darauf Bedacht genommen?" (Robert Stern, Im Banne der Massenmedien, ÖGB-Bildungsfunktionär, Heft 110, September 1970, S. 14).

[3] Damit, zumindest theoretisch, Zeit und Gelegenheit zum echten Theaterbesuch, zu anderer kultureller und sozialer Betätigung, zu schöpferischem Tun — wenn auch vielleicht nur im bescheidensten Sinn des Wortes — oder auch nur zum besinnlichen Alleinsein bleibt. (Vgl. dazu Aladar Pfniß, Mit sich allein sein können, in: Die Österreichische Volkshochschule, 1972, Nr. 85, S. 13):

„. . . Konsumieren kann man freilich nur Konsumgüter. — Allein der Mensch bedarf, um Mensch zu sein, auch noch manch anderer Dinge. Und Dinge dieser Art können nicht gekauft und somit auch nicht verbraucht werden. Ich meine jene Bildungsgüter, durch die der Mensch geistig-seelische Werte realisieren lernt. Und solche Werte wachsen in der Stille und brauchen Zeit zum Reifen. — Der moderne Mensch aber hat keine Zeit und meidet die Stille. Nichts fürchtet er mehr als das Alleinsein, die Einsamkeit.") (Siehe auch Anm. 14, letzter Absatz.)

[4] Darüber ausführlich Norbert Janitschek, Zur Didaktik und Methodik von Fernsehkreisen, in: Die Österreichische Volkshochschule, Wien, Heft 83, S. 8—14. Fast unverändert auch in: Erwachsenenbildung in dieser Zeit, S. 177—190 (Hrsg. von Aladar Pfniß, Graz 1972).

„Der Medienverbund soll eine Hilfe für das Bildungsstreben in allen Lebensaltern sein. Er soll die allgemeine und berufliche Weiterbildung und die sinnvolle Freizeitgestaltung unterstützen und fördern" (Erhard Kutschera, Medienverbund — Möglichkeiten und Grenzen, in: Erwachsenenbildung in Österreich, Wien 1971, Heft 9, S. 395).

„Wie wäre es, wenn die Einrichtungen der Erwachsenenbildung endlich darangingen, dem vielgeplagten Zeitgenossen zu zeigen, was alles er — betrachtend und meditierend, planend und gestaltend — mit sich allein anfangen kann . . . Denn mit sich allein sein zu können, ist der Anfang aller Bildung" (Pfniß, ebenda).

Dieser Forderung an die Einrichtungen der Erwachsenenbildung kommt der Literarische TV-Kreis entgegen. Er versucht zu zeigen, was der Mensch — „betrachtend und meditierend . . . mit sich allein" — allein auch vor dem Bildschirm! — „anfangen kann."

Zu den Wesenselementen der Bildung zählt eben auch die Fähigkeit, literarische Schöpfungen zu verstehen, kritisch zu werten und von ihnen geistig angeregt und gegebenenfalls auch seelisch berührt zu werden. Diese Fähigkeit ist nicht angeboren, sie muß mit den entsprechenden Mitteln und gemäß dem Alter und dem erreichten Reifezustand behutsam entwickelt werden. Die Auffassung, daß man eine Dichtung nur wirkungsvoll vortragen müsse, um sie zum „Erlebnis" zu machen, gilt nur in Ausnahmefällen und ist längst der Erkenntnis gewichen, daß eine, vor allem taktvolle, Interpretation unumgänglich ist.

„Ich bin der festen Überzeugung: Die methodische Behandlung des Lesestoffes hat der Literaturerziehung viel mehr geschadet als genützt. Besser als ‚Zerklären' ist, das Erklären ganz zu unterlassen. Jedes Eindrängen zwischen Leser und Dichter stört die Unbefangenheit des Erlebnisses" (Richard Bamberger, Jugendlektüre, Wien, S. 354 f.).

Diese Sätze können mißverstanden werden. Sicherlich ist „Zerklären" oder „Zerreden" schlechter, als gar nichts zu erklären. Aber „jedes Eindrängen" darf nicht so aufgefaßt werden, als spräche das Kunstwerk eo ipso zu jedem!

„Auch zur Kunst der Menschenschöpfung finden die Schüler fast von selbst, wenn man fragt, was nach der Lektüre oder der Aufführung am besten im Gedächtnis haften blieb. Das Geschehen entfaltet sich nicht an Ideen, sondern an Charakteren." (Gilt wohl für die Mehrzahl dramatischer Produkte, aber nicht ausnahmslos für alle. D. Verf.) (Bamberger, a. a. O., S. 368.)

[5] Schon vor 11 Jahren ergab eine Befragung von deutschen Metallarbeitern im Alter von 17 bis 24 Jahren, daß 54 Prozent Kriminal-, Abenteuer-, Wildwest- und Gruselfilme, 30 Prozent Lustspiel-, Musik-, Liebes- und Unterhaltungsfilme besonders gefallen. (Zitiert nach Th. Scharmann, Lebensplanung und Lebensgestaltung junger Arbeiter, Stuttgart 1967, in: Theodor Bucher, Pädagogik der Massenkommunikationsmittel, Benziger Verlag, 1967, S. 15.)

Wenn auch manches in dem zu seiner Zeit (1896!) richtungweisenden Buch heute überholt ist: der sprechende Titel „Das Elend der Jugendliteratur" ist noch immer gültig, wenn man ihn auf das bezieht, was die Jugend in ihrer großen Mehrheit auch heute noch liest, auf die „untergeistige" Literatur, und sinngemäß auf das, was sie im Rundfunk hört und im Fernsehen sieht. Wolgast richtete seine Kritik vorwiegend gegen die spezifische Jugendliteratur mit ihrer (nach seiner Meinung mit ungeeigneten Mitteln angestrebten) belehrenden und veredelnden Tendenz (Heinrich Wolgast, Das Elend unserer Jugendliteratur, Worms).

Die Vermutung ist vielleicht gar nicht so abwegig, wie es im ersten Augenblick scheint, daß die herkömmlicherweise „Schmutz und Schund" genannte Literatur eine Rangerhöhung erfährt. Diese Art von Schrifttum ist ja nicht auf das kleine Heftformat beschränkt, sondern ist in den Normalformaten illustrierter Massenzeitschriften ebenso zu finden wie, in dramatischer Form, im Film und im Fernsehen. Was Millionen und Abermillionen gutheißen, fordern und in ihrer Art genießen, dem dürfte — wer entscheidet das? — auf die Dauer die abschätzige Klassifizierung nicht zugemutet werden, die aus den folgenden Begriffsbestimmungen hervorgeht:

„Unter Schmutz- und Schundliteratur versteht man herkömmlich die in großen Massen hergestellte und kolportagemäßig in Heften vertriebene Literatur, die einerseits auf den sexuellen Trieb (Schmutz) und andererseits auf das triebmäßige Verlangen nach abenteuerlichen Sensationen und geistloser Unterhaltungssucht (Schund) spekuliert. Vielfach kommen beide Formen vermengt vor, so daß die Doppelverwendung dieser unklaren Begriffe gerechtfertigt erscheint" (Richard Bamberger, a. a. O., S. 165).

„Untergeistiges Schrifttum ist heute jede aus rein geschäftlichen Erwägungen, ohne kulturelle Absicht, entstandene Druckveröffentlichung in irgendeiner dichterischen Form, die es unternimmt, geistige und sittliche Schwächen der ungefestigten Jugend, der geistig und sittlich Unmündigen jeden Alters sowie die niedrigsten Triebe und Instinkte der Mitmenschen auszubeuten" (W. Fronemann, Das Erbe Wolgasts, Langensaltza, Belz, 1927. Zitiert von Bamberger, a. a. O., S. 166).

Nach den Erfahrungen Ulrich Baumgartners (des Intendanten der Wiener Festspiele) machen 97 Prozent der Wiener sozusagen keinen Gebrauch von den Wiener Kulturinstituten (Zeitungsbericht über ein Interview).

Ein Infratest (Kurzformel von *in*formieren, *fra*gen, *test*en) für die Zeit vom 22. Juni bis 1. Juli 1971 ergab 2,458.000 Zuseher als absolut höchste Zahl für „Bonanza" im Hauptabendprogramm des FS 1, in FS 2 1,811.000 für „Der Wilderer"; die niedrigsten Zahlen (FS 1): 200.000 für „Czermak/Fee Pocohontas", FS 2: Null(!!) für „Turandot" und „Denis Diderot"; als nächstniedrige Zahl 64.000 für „Die Welt von morgen" (Fernsehen und Erwachsenenbildung in Österreich, Fernsehkorrespondenz Nr. 3, 1971, S. 10 f.). Die errechnete groteske Zahl von null Empfängern der Fernsehsendungen „Turandot“ und „Denis Diderot“ muß gar kein Druckfehler sein, wie man wohlmeinend gern annehmen wollte. Das Sample von ein paar hundert oder ein paar tausend der „Infragetesteten“ kann rechnerisch ein so unmittelbar evident falsches Ergebnis bringen. Unmittelbar falsch deswegen, weil doch jedenfalls eine Anzahl der mitwirkenden Künstler, deren Angehörige und Freunde die Sendung gesehen haben, und dazu ohne jeden Zweifel doch auch eine erkleckliche Anzahl anderer — alle zusammen natürlich eine winzige Minorität im Vergleich zum Publikum des zur gleichen Zeit ausgestrahlten anderen Programmes! Dieses Zahlenmalheur wird man natürlich nicht überbewerten, aber es könnte ein Anlaß sein, den blinden Wunderglauben an Zahlen, die die Wissenschaft produziert, doch zugunsten auch einer nüchternen Überprüfung bloß mit dem kritischen Verstand einzudämmen (vgl. auch die letzten Absätze dieser Anmerkung!).

„Schwierigkeiten für die Erstellung kultureller Programme im Fernsehen könnten sich vielleicht durch das Diktat der großen Seherzahlen ergeben. Unter den Sendungen mit den größten Seherzahlen, nämlich 2,7 bis 3,2 Millionen des Jahres 1971, waren nicht viele, die vom kulturellen Standpunkt als besonders wertvoll bezeichnet werden können. Es handelte sich zumeist um reine Unterhaltungssendungen, wie die Peter-Alexander-Show, die Sendung ‚Wünsch dir was‘, der immerhin gewisse kulturell wertvolle Bemühungen testiert werden können, Krimis wie ‚Das Messer‘, ‚Der Kommissar‘, Sportsendungen u. a.“ (Hans Altenhuber, Das Fernsehen als kulturpolitischer Faktor, in: Die österreichische Volkshochschule, Nr. 85, 1972).

„Aber wie schaut es mit jenen anderen Rechten aus, die wahrzunehmen den privilegierten Schichten von einst eine Selbstverständlichkeit war: mit den Rechten auf Teilnahme am geistigen und kulturellen Leben?

Die Möglichkeiten dazu sind gegeben, und nicht nur dem Großstädter. Gewiß, für ihn gibt es Theater und Konzerte, Museen und Ausstellungen, reich bestellte Leihbüchereien und gut programmierte Kinos — lauter Einrichtungen, die schon in mittleren Städten nicht zur Verfügung stehen, von Kleinstädten und Dörfern ganz zu schweigen. Aber auch dort braucht man heutzutage, dank der modernen Massenmedien, nicht auf den Kontakt mit der Kultur zu verzichten. Nützt man diese Chance jedoch aus? Weder hier noch dort. Wie schnell finden doch die blödesten Schlager ihren Zugang zu den ‚Bands‘ in den entlegensten Dörfern, und der Sex- und Brutalitätsschund der Filmindustrie bleibt keineswegs auf den 6. Wiener Gemeindebezirk beschränkt, sondern wird auch in Hinterstagelbrunn der sich begierig über die Lust der großen weiten Welt informierenden Landbevölkerung vorgeführt. Filme, Radio- oder Fernsehsendungen, die etwas auszusagen haben und die den Menschen innerlich bereichern, werden hingegen auf dem flachen Lande genauso ängstlich gemieden wie in der Großstadt. Da müßte man am Ende gar nachdenken, und dazu findet man sich, wenn's schon unbedingt sein muß, höchstens beim Kartenspiel oder beim Kreuzworträtsel bereit.

Und gar das Lesen! Man will doch keine schlechten Augen bekommen! Also begnügt man sich mit der Illustrierten, wenn's hoch geht der Zeitung (und da beschränkt man sich auf Morde und Sportteil). Aber ein Buch — wer wird denn schon ein Buch lesen! Eventuell ein ‚Büachl‘, wie bei manchen Zeitgenossen jene letztklassigen Romanheftchen heißen, aber doch kein Buch! Man begibt sich freiwillig unter die geistig Minderbemittelten und findet das noch selbstverständlich!

Auswahl der minderwertigsten Literatur, der schlechtesten Filme, der plattesten Musik, während einem genauso auch das Gute zur Verfügung stünde, das Persönlichkeitsbildende, das, wovon man dauernd etwas hat (und ich meine damit gewiß nicht das ‚Fade', im Gegenteil, ich vertrete beharrlich den Anspruch des Menschen auf Unterhaltung, nur sollte es nicht Unterhaltung unter seinem wirklichen Niveau sein). Unterhaltung, für die er sich eigentlich vor sich selbst genieren müßte — das ist die freiwillige Einordnung unter die Entrechteten, das ist der bewußte Verzicht auf Rechte, wie ihn heute Millionen betreiben.

Und die Unterhaltungsindustrie weiß das natürlich und zieht daraus ihre Konsequenzen: noch blöder, noch primitiver, noch geistloser werden ihre Produktionen — ‚die Leute' wollen es ja schließlich. Wozu sich um Anspruchsvolles bemühen, wenn es dann niemand kaufen will?" (Robert Stern, Eliten und Entrechtete, ÖGB-Bildungsfunktionär, Heft 115, 1971.)

„Übrigens: Man liest nicht mehr. Und wenn man liest, dann flüchtet man in eine Traumwelt. Dort wird das Böse immer besiegt und das Gute bekränzt. Es riecht nach Myrten und Lavendel. Und nach Seife. — In den USA prophezeit man: Das Zeitalter der Analphabeten ist ganz nahe. Oder hat schon längst begonnen . . .

Das Volk liest ja nicht Camus oder Proust, Grass oder Solschenizyn, sondern schmökert in Illustrierten und Schundheften. Bücher werden ja in Wahrheit nur von ein paar Kritikern gelesen.

Tatsächlich wird man von starkem Unbehagen befallen, wenn man in Österreich einen Blick auf die Lesestatistik wirft. So etwa werden in einem Haushalt mit Kindern jährlich im Durchschnitt nur 1,8 Bücher pro Kind gekauft. Sieben Prozent aller Großstadtlehrlinge und 17 Prozent aller Lehrlinge auf dem Land besitzen nicht ein einziges Buch. Bei den Erwachsenen ist die Situation ähnlich: Im Durchschnitt kauft jeder Erwachsene im Jahr nur ein einziges Buch. In dieser Zahl sind alle Fachbücher, also etwa ein Buch für die Führerscheinprüfung, schon inbegriffen.

Es ist kein Wunder, daß man in den USA bereits offen über das Zeitalter der Analphabeten schreibt. Auch österreichische Untersuchungen haben ergeben, daß die heimischen Kinder zwar bis zu 40 Werbesprüche aus Rundfunk und Fernsehen hersagen können, aber mehr als die Hälfte der Zehnjährigen ist nicht imstande, mehr als drei gedruckte Seiten so aufzunehmen, daß der Inhalt dann wiederholt werden kann.

Daher greift man zum Ersatz: zu den gezeichneten Comics, die für jede Altersstufe mit psychologischer Raffinesse das Richtige anbieten. Für Kinder eine Welt, in der die Kleinen den Großen überlegen sind (die klugen kleinen Enten und der dumme Onkel Donald bei Walt Disney), für die Größeren die ersten dunklen Andeutungen über Sex mit Hilfe von Symbolen (Höhlenforschung, Kampf bis zum Fall) und schließlich für alle Altersgruppen die Welt der Abenteuer, in der stets die Guten die Bösen besiegen (Identifikation).

Neben den Comics lebt jeder dritte Österreicher in der . . . Welt der Schundhefte . . . Man liest sie in der Straßenbahn, im Büro, vor dem Einschlafen." (Winfried Bruckner in: Solidarität, Wien, Nr. 505, 1971.)

Die umfangreiche und überaus sorgfältig durchgeführte „Soziologische Untersuchung an jungen Arbeitern und höheren Schülern“ von Leopold Rosenmayr—Eva Köckeis—Henrik Kreutz: „Kulturelle Interessen von Jugendlichen“ durchleuchtet die vielfältigen Wechselbeziehungen zwischen Elternhaus, Milieu, Schulbildung usw., die die Kulturinteressen bestimmen. In den wesentlichen Ergebnissen bestätigt die zahlenmäßig imponierende Arbeit die Vermutungen, die man von vornherein hegen mußte: daß höhere Schüler mehr an höherwertigen Filmen, an Theater- und Konzertbesuchen und an anspruchsvollerer Lektüre interessiert sind als Lehrlinge; daß Kinder aus sozialen Unterschichten in ihrer kulturellen Entwicklung benachteiligt sind u. ä. Die Untersuchung widerspricht auch keineswegs den Überlegungen und Erfahrungen denkender und beobachtender Menschen, die, etwa als Lehrer, viel mit jungen Leuten zu tun haben. Eine von den Feststellungen, die in der Arbeit auch hervorgehoben wird: „Das Niveau der (von den Jugendlichen besuchten) Filme steht in einem kompletten Zusammenhang mit dem Niveau anderer kultureller Betätigungen und Leistungen, ja sogar mit den Schulnoten“ (Rosenmayr—Köckeis—Kreutz, Wien 1966, S. 257).

Es ist sehr bedauerlich, daß das richtungweisende Werk über die „Kulturellen Interessen von Jugendlichen“ Art und Umfang des Fernsehkonsums nicht berücksichtigen konnte, da die Befragungen und sonstigen Erkundigungen bereits in den Jahren 1959/60 durchgeführt wurden, zu einer Zeit, in der das Fernsehen in Österreich noch so wenig verbreitet war, daß es die kulturellen Verhaltensweisen der Jugendlichen wie natürlich auch der erwachsenen Bevölkerung kaum beeinflussen konnte (ebenda, S. 172 f.).

Eine offenherzige, realistische Darstellung der Bildungssituation und des kulturellen Niveaus weitester Bevölkerungsschichten, wie z. B. die im Auszug wiedergegebene von Robert Stern und Winfried Bruckner, dürfte der Sache der Erwachsenenbildung weitaus förderlicher sein als die da und dort spürbare Tendenz, sich mit dem bescheidenen Erreichten mehr oder weniger zufriedenzugeben, die Augen vor dem täglich Sichtbaren eher zu verschließen und Ergebnisse von Untersuchungen und Befragungen allzu wohlwollend oder gar beschönigend zu betrachten.

Dieser Gefahr ist Wilfried Mündel in seiner Interpretation einiger Hauptergebnisse einer Studie, der im Auftrag der Kammer für Arbeiter und Angestellte vom Institut für Gesellschaftspolitik repräsentativ angelegten Befragung von rund 2000 Personen zwischen 18 und 65 Jahren, von denen etwa 100 gleichzeitig noch eine detaillierte Schilderung ihrer Tagesverläufe während einer bestimmten Woche abgaben, nicht immer entgangen.

„Es nimmt nicht weiter wunder, daß bei einer Gegenüberstellung von Neigung und realem Tun gerade jene Freizeitinhalte in der Verwirklichung hinter den geäußerten Bedürfnissen zurückbleiben, die mit einem gewissen finanziellen, teilweise aber auch zeitmäßigen Engagement verbunden sind. Das sind in der Reihenfolge der auftretenden Diskrepanz in erster Linie Weiterbildung, Theater- und Konzertbesuche, aktiver und passiver Sport sowie Buchlektüre, bei denen die ‚Wunschrate‘ durchschnittlich um fast die Hälfte größer ist als die ‚Realrate‘.

Diesen Sachverhalt allein mit der billigen Erklärung abzutun, daß Wünschen eben leichter sei als Tun und hier, vor allem bei den kulturellen Weiterbildungsanliegen, vielleicht auch ein bißchen ‚großgetan‘ wurde, um Eindruck zu machen, erscheint auf Grund der ermittelten, für die breite Masse der Arbeitnehmer immer noch eher beengenden freizeitlichen Rahmengegebenheiten auf keinen Fall gerechtfertigt.

Vielmehr dürfte es sich dabei um durchaus echte Bedürfnisse handeln, denen eben aus Zeit- und Geldüberlegungen nicht oder nur allzu selten entsprochen werden kann. Ein Hinweis darauf, wie wichtig es auch weiterhin ist, den materiellen und (frei)zeitlichen Spielraum der arbeitenden Bevölkerung zu vergrößern." (Wilfried Mündel, Der lange Weg zu den 40.000 Stunden, in: Arbeit und Wirtschaft, Wien, 12/71, S. 4.)

Einige Fakten als Gegenüberstellung: 14 Wiener Volkshochschulen mit ihren Zweigstellen bieten eine beinahe überwältigende Fülle von Kursen über alle erdenklichen Wissensgebiete einschließlich Musikausübung, Turnen, Hobbys etc. zum Teil gratis, zum Teil so gut wie gratis in fast jedem Bezirk an. Niemand wird aus Platzmangel abgewiesen. Alle sind eingeladen, aber nur relativ wenige kommen!

Theater- und Konzertbesuche: Billige Plätze sind nicht oder kaum teurer als Kinokarten.

Sport: Von gewissen Nobelsportarten abgesehen, ist aktive Sportausübung finanziell fast für jeden Berufstätigen erschwinglich.

Buchlektüre: In allen Bezirken Ausgabestellen der Städtischen Bücherei. Leihgebühr je Band ein Schilling! Gewaltige Auswahl für jeden Geschmack und jedes Bildungsbedürfnis.

Radio und Fernsehen: Nicht nur die eigentlichen Bildungssendungen, auch das sonstige Riesenprogramm bieten, in längeren Zeiträumen beurteilt, eine unübersehbare Fülle an Wissensgut aus den verschiedensten Gebieten, an literarischen, musikalischen und sonstigen künstlerischen Darbietungen, wenn man davon Gebrauch machen will. Allerdings müßte man dafür, wenigstens zeitweise, auf den Genuß von Ö-3-Sendungen, Serien„krimis" und Shows verzichten!

Vgl. dazu: „... mit der billigen Erklärung abzutun, daß Wünschen eben leichter sei als Tun ... vielleicht auch ein bißchen ‚großgetan' wurde ... auf keinen Fall gerechtfertigt. Vielleicht dürfte ... echte Bedürfnisse ... eben aus Zeit- und Geldüberlegungen nicht oder nur allzu selten entsprochen werden kann."

Es gehört doch eine gewaltige Portion — sit venia verbo — Betriebsblindheit dazu, die Ergebnisse der Umfrage so sehr jedem Zweifel zu entziehen, daß man tatsächlich glaubt, es werden (beim Radiohören) „auch von fast jedem fünften ernste Musik- und literarisch-kulturelle Programme eingeschaltet" und daß „fast jeder fünfte Arbeitnehmer in die Oper und zu Klassikeraufführungen und jeder achte zu modernen Problemstücken geht!" (ebenda, S. 5.) Vgl. dazu die vorhergehenden Feststellungen von Stern und Bruckner!

Es würde hier zu weit führen, den Aussagewert dieser Erhebung bzw. ihrer Ausdeutung zur Gänze auf ihre Realität zu untersuchen. Nur eine der Schlußfolgerungen soll (mit der in ihr enthaltenen allzu wohlwollenden Einschränkung: „in dieser Ausschließlichkeit") ohne weiteren Kommentar wiedergegeben werden: „Der gerade durch die letzten Ausführungen unter Umständen vermittelte Eindruck, daß unter den Wiener Arbeitnehmern leichte Unterhaltung großgeschrieben wird und etwa ihr Freizeitleben eine ausgeprägte Konsumhaltung erkennen läßt, stimmt in dieser Ausschließlichkeit sicherlich nicht" (ebenda, S. 5).

Hans Fellinger geht in seinem „Bildungsprogramm für die länger werdende

Freizeit" („Arbeit und Wirtschaft", ebenda, S. 8) u. a. auch auf die Untersuchung der Wiener Arbeiterkammer ein:

„52 Prozent der Befragten erkennen die Bedeutung der permanenten Weiterbildung, wollen sich insbesondere beruflich weiterschulen lassen — doch nur etwa 13 Prozent der befragten Arbeiter und etwa 30 Prozent der befragten Angestellten besuchen wirklich die allgemeinen und beruflichen Bildungsinstitutionen regelmäßig über einen längeren Zeitraum (mindestens 10 Monate).

In Volkshochschulen besuchen 9 Prozent der befragten Angestellten und 3 Prozent der Arbeiter Kurse und Vorträge, gleich viel Frauen wie Männer mit einem Altersdurchschnitt von 37 Jahren (jüngere unter 25 Jahren sind jedoch stark in Sprachkursen vertreten)."

Der Hinweis auf dieses Ergebnis der Befragung kommt der Wirklichkeit schon näher — stellt sie aber sicherlich nicht dar — und ist doch nur mit großem Wohlwollen als Stütze der Auffassung Fellingers anzusehen, daß „die sozioökonomische Entwicklung ... dazu (führt), daß ein zunehmend großer Teil eines Berufslebens auf Weiterbildung, Um- und Nachschulung verwendet wird und die Trennung zwischen Ausbildungs-, Arbeits- und Freizeitphase verschwinden läßt" (ebenda).

Doch wohl mehr Wunschbild als Tatsache! Kein vernünftiger Mensch wird die Notwendigkeit und den Wert soziologischer Untersuchungen bezweifeln und das Streben nach exakten Ergebnissen, nach Mathematisierung und Quantifizierung nicht als Aufgabe der Wissenschaft ansehen. Aber die empirische Vorgangsweise muß doch wohl Hand in Hand mit spekulativem und kritischem Denken gehen. Man darf mit den gefundenen Werten nicht so umgehen, als wären sie die einzige und ungetrübte Quelle wissenschaftlicher Erkenntnis, und muß, gerade wenn einem diese am Herzen liegt, immer den heilsamen Zweifel an der Richtigkeit der Methode, der Zuverlässigkeit und Gültigkeit der Aussage hegen. (Was für krause Vorstellungen über das Wesen der Wissenschaft auch unter Gebildeten zu finden sind, zeigt folgende Stelle / im Zusammenhang mit der Untersuchung von „Aufbau, Inhalt und Struktur des Österreichbildes im TV": / „Wir haben die Sendungen natürlich nicht mit der Stoppuhr verfolgt, *daher* / Hervorhebung v. Verf. / erhebt unsere Statistik keinen Anspruch auf Wissenschaftlichkeit" [AZ, Wien, 19. 12. 1972, S. 3]).

Durchaus kein Beweis für die Notwendigkeit der „Verwissenschaftlichung" (in der Art, wie sie offenbar nicht selten aufgefaßt wird) von allem und jedem ist auch die Feststellung, die ein angesehener Gelehrter in einem Referat getroffen hat: „Die empirische Bildungsforschung hat den Nachweis geliefert, daß wir Gelerntes rasch vergessen (verlernen), wenn wir keine Gelegenheit haben, es anzuwenden." (Herbert Jocher, Anmerkungen zum Thema: „Übergang von der industriellen zur postindustriellen Gesellschaft; Auswirkungen auf das Bildungswesen", in: Erwachsenenbildung in Österreich, Sonderheft Konfrontation, Wien 1972.)

Für den „Nachweis" einer Binsenwahrheit bzw. einer Plattheit hat man also die „Forschung" bemüht. Ohne diesen „Nachweis" wüßten wir anscheinend nicht, was ohnedies jeder weiß!

Sicherlich trifft die herbe Kritik, die Stanislav Andreski, selbst Professor der Soziologie an der Universität in Reading, England, an der Tätigkeit mancher, natürlich keinesfalls aller Fachkollegen übt, wegen dieser Entgleisung nicht auch auf den weithin respektierten Leiter der Abteilung für außerschulische Bildung beim Europarat in Straßburg zu, aber sie kommt einem unwillkürlich in den Sinn, wenn man sie einmal gelesen hat: Er findet ihre Arbeit langweilig, irreführend, pseudowissenschaftlich und trivial. Sie bringe es zu kaum mehr als zu „ponderous restatements of the obvious", die sich hinter einem „smoke screen of jargon" verbergen. „. . . After wading through mounds of tables and formulae we come to the general finding (expressed of course in the most abstruse manner possible) that people enjoy being in the centre of attention, or that they are influenced by those with whom they associate . . . which I can well believe, as my grandmother told me that many times when I was a child" (Stanislav Andreski, Social Sciences as Sorcery, London. Zitate nach der Rezension „Science or Sorcery" in: Time, Sept. 25, 1972).

Kritisch durchleuchtet auch Henrik Kreutz das Wesen und die Arbeitsweisen der empirischen Sozialforschung und warnt vor ihrer Vergötzung (Henrik Kreutz, Soziologie der empirischen Sozialforschung. Neue Folge Nr. 38 der Reihe „Soziologische Gegenwartsfragen", Stuttgart).

Sicherlich mag es reizvoll — in einem größeren Zusammenhang gesehen, vielleicht tatsächlich auch wissenschaftlich förderlich — sein, Selbstverständliches zu quantifizieren und damit zu experimentieren, aber man soll solche Bemühungen nicht überbewerten und mit ihren Ergebnissen nicht wie mit Axiomen umgehen, jedenfalls dann nicht, wenn sie nicht auch unmittelbar evident sind.

Und der Fehlerquellen gibt es viele! „Entscheidend ist die Qualität des Fragebogens, das Verhalten des Interviewers und das Verhalten des Befragten" (René König, Soziologie. Fischer Bücherei, S. 194). Der Methodenstreit ist noch nicht zu Ende. Jedes Jahr bringt Änderungen. Noch immer ist jedes Sample angreifbar, können weder Tiefeninterviews, Verschlüsselungen, Kontrollgruppen und andere Maßnahmen bewußt oder unbewußt falsche bzw. irreführende Angaben in Fragebogen oder Interviews mit Sicherheit verhindern oder als solche erkennen, insbesondere Aussagen, die von Bedürfnissen des Prestiges oder der Kompensation von Schuldgefühlen motiviert werden.

Weil der Grad der Verläßlichkeit von Meinungsumfragen dort, wo diese Bedürfnisse keine Rolle spielen, z. B. bei Erhebungen vor Wahlen, oft überraschend groß ist, neigt man dazu, die Ergebnisse von Erkundungen, die auf die Persönlichkeit des Befragten zielen (Freizeitverhalten, kulturelle Bedürfnisse, Geschmacksniveau u. ä.), ähnlich einzuschätzen, und stößt sich überraschenderweise nicht daran, daß sie sich keineswegs immer mit den Beobachtungen und Erfahrungen im eigenen engeren und weiteren Umkreis decken.

Erfreulich ist immerhin, daß das Freizeitverhalten der Wiener Arbeitnehmer auch nach der Meinung von Hans Fellinger, wie aus seinen Ausführungen indirekt hervorgeht, verbesserungsbedürftig ist. „Übermäßige Anstrengungen, Verlust an Verantwortungsbewußtsein, Passivität gegenüber dem Konsumangebot liegen nicht im Sinne der Interessenvertretung der Arbeitnehmer. Nur die Pflege eines gebildeten und kultivierten Verhaltens kann den möglichen Fehlentwicklungen entgegenwirken . . . Diese aktive Freizeithaltung muß von allen von der Gesellschaft getragenen Einrichtungen — der Erwachsenenbildung, der Schule, den Massenkommunikationsmitteln — geweckt und gestärkt werden" (ebenda).

[6] „Das Trennende zwischen Allgemeinbildung und Berufsbildung ist heute in der Volkshochschularbeit verschwunden, es gibt keine falsche Alternative zwischen Bildung und Ausbildung“ (Norbert Kutalek—Hans Fellinger, Zur Wiener Volksbildung, Wien, in: Der Bildungsbegriff der Volkshochschule).

[7] Mitgeteilt von Helmut Becker, Fernsehen und Bildung, Sonderdruck aus Merkur, Heft 181.

Es ist nicht überraschend, daß sich in den USA bis heute keine Definition des Bildungsbegriffes allgemein durchgesetzt hat (vgl. John Ohliger, The Mass Media in Adult Education, Syracuse University, Occasional Papers, Nr. 18). Jede konzentrierte Formulierung einer so komplexen Materie löst wegen der Vielfalt der möglichen Ausdeutungen der abstrakten Begrifflichkeit ein Unbehagen aus und rückt der Gefahr, eine Leerformel zu werden, gefährlich nahe.

Die obige These ist ähnlich der Definition, die Helmut Seel („Überlegungen zum Bildungsbegriff“, in: „Erziehung und Unterricht“, Wien, 1968) nach einer eingehenden historischen Darstellung und Erörterung der wesentlichen Komponenten vorschlägt: „Bildung ist die allen Menschen zugängliche Fähigkeit, die Situation des Lebens denkend zu bewältigen und diesen Einsichten entsprechend verantwortlich zu handeln.“

Das Ergebnis einer solchen „denkenden Bewältigung“ und des „verantwortlichen Handelns“ wird bei einem von Humanitätsgefühlen erfüllten Menschen anders ausfallen als etwa bei einem Aufseher im Konzentrationslager Auschwitz, der, sich Volk, Vaterland und dem Führer verantwortlich fühlend, in der Situation vor dem Gasofen das Problem, ob er unschuldige Menschen töten soll, denkend so bewältigt, daß er seinen Auftrag erfüllt, und überzeugt ist, richtig zu handeln.

Man soll sich also nicht auf Definitionen beschränken und jedenfalls eine Reihe von Merkmalen anführen, von denen man meint, daß sie vor allem das Wesen der Bildung ausmachen (was Seel ja auch tut).

Eine Stimme aus der letzten Zeit (Peter Heintel von der Klagenfurter Hochschule für Bildungswissenschaften über „Konzepte der Erwachsenenbildung“): „Kernpunkt der Bildung muß es sein, kritisches Verhalten zu erzeugen, denn nur dadurch können die Lernprozesse aus eigenem Denken erfolgen.“ (Zitiert nach dem Bericht über eine Tagung gewerkschaftlicher Bildungsfunktionäre im April 1972, in: Arbeit und Wirtschaft, Wien, 6/72, S. 51.)

„Die heilsame Unruhe, die das Ringen um einen für unsere Zeit gültigen Bildungsbegriff umgibt, geht auf die Periode der ‚Aufklärung‘ zurück. Der Philosoph Immanuel Kant versteht unter ‚Aufklärung‘ den ‚Ausgang des Menschen aus seiner selbstverschuldeten Unmündigkeit. Unmündigkeit ist das Unvermögen, sich seines Verstandes ohne Leitung eines anderen zu bedienen.‘ Selbstverschulden liegt vor, wenn es dem Menschen nicht an Verstand, sondern an Mut fehlt. ‚Habe Mut, dich deines Verstandes zu bedienen!‘ ist also der Wahlspruch der Aufklärung.“ (Immanuel Kant, Was ist Aufklärung? 1784.)

„Es ist ebenso naheliegend wie einleuchtend, als wichtigste Eigenschaft des Bildungsbegriffes, gleichsam als seinen Kern, die Fähigkeit und das ständige Bemühen anzusehen, den Verstand als Richtschnur des Denkens und Handelns zu gebrauchen. Kein Zweifel auch, daß der verständnisvolle Mensch die Vorstellung von dem, was Bildung ist, nicht als unabänderlich ansieht, sondern als wandelbar und als von dem jeweiligen Stand der gesellschaftlichen und kulturellen Entwicklung abhängig.

Es ist daher auch nicht überraschend, daß die Menschen, die sich mit Bildungsfragen befassen, ungeachtet ihrer politischen oder weltanschaulichen Haltung, im Grundsätzlichen mehr oder weniger übereinstimmen und meist nur hinsichtlich der Rangordnung, der geistigen und materiellen Schwerpunkte unterschiedlich denken.

Unbestritten ist, daß sich die Bildung nicht im Besitz eines bestimmten Wesens erschöpft, sondern sich gerade in dem dauernden Streben nach besseren Erkenntnissen und vermehrtem Wissen erweist. Ebenso allgemein anerkannt ist, daß sich ein gebildeter Mensch als Glied einer sozialen Gemeinschaft begreift, an ihr tätigen Anteil nimmt und mitmenschlich handelt.

Bildung ist keine absolute, meßbare Größe. Sie ist eine Menge aus Kenntnissen, Fähigkeiten, Verhaltensweisen und Bestrebungen. Ihre höchste Stufe ist ein Ideal, dem sich der einzelne jeweils mehr oder weniger nähern kann. Wenn auch die eine oder andere dieser Bildungskomponenten fehlt oder nur gering entwickelt ist, kann immer noch ‚Bildung' vorhanden sein. Der ‚Ungebildete' mit geringem Schulwissen kann immerhin andere Bildungsqualitäten besitzen und zum Beispiel mit seiner Fähigkeit des selbständigen Denkens oder seinem Bemühen um Wissenserweiterung den nur scheinbar ‚Gebildeten' in den Schatten stellen.

Bildung, als relativer Begriff, ist also jedem zugänglich, wenn auch der Weg nicht für jeden gleich leicht ist und auch das jeweils erreichte Ziel verschieden sein wird." (Norbert Janitschek, Bildung gestern und in unserer Zeit, ÖGB-Bildungsfunktionär, Wien, 1970, Heft 111.)

[8] Wieweit dieser Massengeschmack um sich greift und auch berufsmäßige Medienkritiker, denen ein höheres Geschmacksniveau zuzutrauen ist, in seinen Bann zieht, dafür ein bezeichnendes Beispiel:

Der Rezensent bemängelt, sicherlich mit Recht, die minderwertige Qualität einer sechsteiligen Kriminalfilmserie, berichtet von dem Nachlassen des Interesses der Zuseher von Sendung zu Sendung und der immer ungünstiger werdenden Indexziffer des Infratests bis zu minus 1 und urteilt: „Das ist bereits eine Schmach" . . . „Kundendienst ist das nicht" („Kurier", Wien, 26. 6. 1972).

Kein Wort darüber, daß wahrscheinlich — und hoffentlich — ein Teil der enttäuschten Zuseher auf das Parallelprogramm ausgewichen ist, das durchwegs entweder Unterhaltung gehobener Art oder fesselnde Information an allen sechs Tagen geboten hat (Musoffsches Ballett, Der alte Richter, G'schichten aus Wien /Fernsehpreis der Volksbildung!/ Gale ist tot, Gott im weißen Mantel, Sozialdemokratie — Sozialismus heute!)

„Fernsehen und Rundfunk sind Gegebenheiten unserer Zeit wie Film und Presse. Der einzelne und Einrichtungen der Gemeinschaft sind aufgerufen, sie als Mittel der Bildung und Formung des Menschen aufzufassen, zu gestalten und zu verwenden." (Karl Foltinek, Führen Fernsehen und Rundfunk zum Verlust des eigenen Denkens? In: Die österreichische Volkshochschule, Nr. 36, 1960.)

Paul Lazarsfeld, der Pionier der modernen Sozialforschung, beurteilt den Volksgeschmack ohne Illusionen: „Unser kulturelles Erbe ist jedem leichter zugänglich. Und welchen Gebrauch macht man von dieser Freizeit? Man hört Radio und geht ins Kino. Diese Massenmedien scheinen irgendwie die Reformatoren um die Früchte ihres Sieges gebracht zu haben. Das Ringen um Freizeit, um Muße, Volksbildung und soziale Sicherheit war von der Hoffnung begleitet, daß das Volk, einmal von den hemmenden Fesseln befreit, von den großen Erscheinungen unserer Gesellschaft, Shakespeare, Beethoven oder vielleicht Kant, Besitz ergreifen würde, und jetzt ist ihnen ,James Bond 007' viel lieber ... Vor allem wäre es wesentlich, mit Sicherheit festzustellen, ob die Massenmedien und der Geschmack der Masse wirklich und unbedingt diesen circulus vitiosus des ständig sinkenden Niveaus bilden müssen oder ob entsprechende Maßnahmen von seiten der Leiter der Massenmedien einen Prozeß der positiven gegenseitigen Beeinflussung einleiten könnten, der zu einer zunehmenden Erziehung des Geschmacks des Publikums führen würde." (Paul Lazarsfeld, Am Puls der Gesellschaft, Wien 1968, Abschnitt: Massenmedien, Volksgeschmack und der aktive Staatsbürger, S. 68 und S. 78 f.)

[9] Titel des unvollendeten Werkes „Der Wille zur Macht — Versuch einer Umwertung aller Werte" von Friedrich Nietzsche, 1895.

Der Schönheitsbegriff

„Das ästhetische Empfinden von ‚Schönheit' aber — eine Binsenwahrheit — ist abhängig von individuellem Geschmack und allgemeiner Konvention — verschiedene Epochen, verschiedene Kulturen haben jeweils ganz verschiedene ästhetische Ideale; der aspektreiche Begriff der ‚Wahrheit' erscheint außerhalb der Erkenntnistheorie schwer legitimierbar, und falls doch, dann ist bei allen künstlerischen Hervorbringungen aller Menschen zu unterstellen, daß sie sich um eine Repräsentation des von ihnen für ‚wahr' Gehaltenen bemühen; ethische Qualifikationen aber sind wiederum, wie ästhetische, abhängig von historischen, soziologischen, religiösen Voraussetzungen, also in verschiedenen Kulturen und verschiedenen Epochen jeweils verschiedenen Konventionen." (Egidius Schmalzriedt, Inhumane Klassik, Kindler Verlag, 1971, S. 16 f.)

Vgl. dazu: „Die nächste Generation nach Schiller, die Frühromantik, machte sich über viele seiner Gedichte bereits lustig, nicht zuletzt über ‚Das Lied von der Glocke' ... Es ist (jedoch) des Nachdenkens wert, daß eben dieses Gedicht in unserer Gegenwart von Männern wie Rudolf Alexander Schröder und Emil Staiger glanzvoll verteidigt wurde." (Benno von Wiese, Geistesgeschichte oder Interpretation? Sonderdruck aus dem Werk „Zwischen Utopie und Wirklichkeit", S. 10.)

Vgl. ebenso: „Nichts ist langweiliger als aufgehäufter Unrat. Es gibt kaum ödere Schriften als die berüchtigten Romane des verrückten Marquis de Sade, Justine und Juliette und andere; der Leser atmet nur auf, wo der Verfasser nicht von den Perversionen erzählt, sondern die frechen Gedanken seiner Weltanschauung kundmacht." (Wolfgang Goetz, Geschichte der Literatur, Büchergilde Gutenberg, S. 22.)

Größere Abschnitte der nachgelassenen Schrift desselben Autors „Die Philosophie im Schlafzimmer" wurden ab August/September bis Mitte November

1970 in Fortsetzungen im „Neuen Forum“ (Wien) veröffentlicht. Die Offenherzigkeit der detailreichen Schilderung sexueller Vorgänge, an denen mehrere Personen im Schlafzimmer beteiligt sind, und die von jeder Repression freie Verwendung des einschlägigen Vokabulars kann auch von „Justine“ nicht überboten worden sein, so daß Wolfgang Goetz, wäre ihm dieses Werk bekannt gewesen, nicht anders geurteilt hätte. Michael Siegert nimmt — die Maßstäbe sind eben verschieden — die dem Ganzen aufgesetzte Philosophie und Sozialkritik ernst und widmet ihr langatmige Kommentare.

Nur noch ein Beispiel statt vieler, und diesmal aus der Geschichte der Malerei: „Soeben ist ... eine Ausstellung eröffnet worden, die angeblich Bilder enthalten soll. Ich trete ein, und meinen entsetzten Augen zeigt sich etwas Fürchterliches. Fünf oder sechs Wahnsinnige, darunter eine Frau, haben sich zusammengetan und ihre Werke ausgestellt. Ich sah Leute vor diesen Bildern sich vor Lachen wälzen. Mir blutete das Herz bei dem Anblick ... Sie nehmen ein Stück Leinwand, Farbe und Pinsel, werfen auf gut Glück einige Farbkleckse hin und setzen ihre Namen unter das Ganze. Es ist eine ähnliche Verblendung, als wenn die Insassen einer Irrenanstalt Kieselsteine aufheben und sich einbilden, sie hätten Diamanten gefunden.“ (Zitiert in „Die Geschichte der Kunst“ von E. H. Gombrich, Phaidon Verlag, S. 425 f.) Eine Rezension über eine Ausstellung moderner Maler? Nein, über eine Ausstellung von Claude Monet und anderer Impressionisten in Paris im Jahre 1876!

Sogar innerhalb einer Generation kann sich ein radikaler Wechsel in der Wertung künstlerischer Schöpfungen ergeben. Dies zeigt, wieder nur ein Beispiel statt vieler möglicher, Alban Bergs „Wozzek“, eine Oper, die noch vor wenigen Jahrzehnten stärkste Ablehnung erfuhr und heute ein Glanzstück der Salzburger Festspiele ist.

Die Wirkung von Film und Fernsehen / Geschmacksbildung und Medienerziehung

[10] Einige Beispiele für das Filmprogramm eines einzigen Tages (24. 6. 1972): Und Sartana tötet sie alle; Leise weint der Wind des Todes; Vier Fäuste für ein Halleluja; Frankenstein und die Monster aus dem All; Django und die Beute der Bluthunde; Die jüngsten Kätzchen sind die schärfsten; Stewardessen, Vögeln gleich usf.

Noch minderwertiger als in den Städten sind in der Regel die Kinoprogramme in den kleineren Gemeinden. Davon kann man sich bei Urlaubsreisen in Österreich immer wieder überzeugen. Das scheint noch ein größeres Übel zu sein, weil die Jugendlichen — sie stellen ja die Masse der Besucher dar — dort eher der naiven Vorstellung verfallen, sich so aus der wirklichen oder vermeintlichen Enge ihres Milieus zu lösen, Einblick in die „Welt der Großstadt“ zu gewinnen, modern und fortschrittlich zu sein und „dazuzugehören“.

Franz Dröge, Rainer Weißenborn und Heinrich Haft sehen es als ihre Aufgabe an, die empirische Wirkungsforschung im allgemeinen zu systematisieren, und befassen sich mit dem Problem der Medienerziehung überhaupt nicht. Trotzdem ist ihr Werk „Wirkungen der Massenkommunikation“ (Verlag Regensberg, Münster, 1969), von seiner sonstigen Bedeutung abgesehen, auch für Theorie und Praxis von TV-Begleitkursen zu nützen:

„Fragen wie die nach der kriminalitätssteigernden Wirkung von Gewalt in Film und Fernsehen oder nach der politischen Manipulierbarkeit der Menschen durch die Medien und andere sind entweder gar nicht beantwortet worden oder widersprüchlich. So kann man heute einerseits hören, daß Filme, in denen starke Aggression dargestellt wird, die Jugendkriminalität fördern, und anderseits, daß das optische Erleben keine Übertragung in die Wirklichkeit nach sich zöge." (A. a. O., S. 16. Zit. nach Joseph T. Klapper, The effects of mass communication, Glencoe 1964.)

Der Einfluß, den die Auftraggeber der Werbespots und die „Sponsoren" direkt oder mittelbar auf die Programmgestaltung ausüben — sie wollen ja möglichst viele Menschen mit ihren „Botschaften" vor und nach der Sendung erreichchen, und diese ziehen eben in der großen Mehrheit die flache Unterhaltung vor —, ist nicht zu übersehen. Ein abschreckendes Beispiel sind die zahlreichen Sendestationen in den USA, die miteinander um die Gunst des Publikums und damit der zahlungskräftigen Inserenten mit ihren untergeistigen Produktionen ringen. Die Fernseher haben so die Möglichkeit, von früh bis spät in die Nacht pausenlos je nach Wunsch ohne Fernsehgebühr immer den ihnen zusagenden „Krimi", Gangster-, Agenten-, Horror- oder Revuefilm auf dem Bildschirm zu haben oder einem der zahlreichen Freistilringerkämpfe beizuwohnen. Die Erwachsenenbildung und mit ihr alle, denen der kulturelle Standard ihres Volkes nicht gleichgültig ist, müssen auf der Hut sein, daß der Werbeumfang in unserem Fernsehen nicht vergrößert und zwangsläufig damit nicht auch das ohnedies geringe Niveau bestimmter Darbietungen noch weiter gesenkt wird.

[11] Ein von Hans Thirring geprägter Ausdruck („Die Kunst des menschlichen Zusammenlebens", Schriftenreihe der österreichischen UNESCO-Kommission, Wien, 4. Aufl., S. 26 ff). Besonders wertvoll für die Erwachsenenbildung das Kapitel: Die Lenkung des Werte- und Interessenspektrums (S. 74 ff.).

„Ich stelle folgende Behauptung auf: 1. In Teilen unseres Fernsehprogramms wird der Zuschauer mißachtet. 2. In einigen dieser Programmteile wird dieser Zuschauer sogar mißhandelt. Ich stütze mich bei diesen Aussagen auf analytische Arbeiten, die im Audiovisuellen Zentrum der Pädagogischen Hochschule Niedersachsen, in Hildesheim, gemacht werden. Ich möchte meine Behauptung in die Formulierung fassen: Brutalität und Biedermeier — das sind hervorstechende Profile unseres Unterhaltungsprogramms.

Die Kriterien, die uns im Audiovisuellen Zentrum Hildesheim veranlassen, Teile des Programms unter diese Bezeichnungen zu subsumieren, sind folgende: 1. Ideenlosigkeit; 2. sprachliche Primitivismen; 3. Routine; 4. Klischee; 5. gefühls- und kitschorientierter Überschwang; 6. vor allem aber — und das ist für den Medienpädagogen das Entscheidende: die ungeheure Brutalitätsmassierung." (Heribert Heinrichs, Direktor des Audiovisuellen Zentrums der Pädagogischen Hochschule in Hildesheim, auf der „Interpublika" in München, Dezember 1971. Zitiert im ÖGB-Bildungsfunktionär, Wien, April—Juni 1972, S. 14.)

Eine überraschende Ähnlichkeit hat die „Fernseherziehung" mit der „Verbrauchererziehung", wie aus den Ausführungen hervorgeht, die Erich Weber (BRD) zu dieser Aufgabe gemacht hat (Zitiert in: Arbeit und Wirtschaft, Wien, 6/72, S. 50). Das Fernsehen wird ja faktisch kaum anders konsumiert als sonstige in Fülle angebotene Waren:

„Die Verbrauchererziehung hat die Hilfen zu bieten, die den einzelnen in bezug auf sein Konsumieren aus der unbedachten Gleichgültigkeit und Bequemlichkeit wecken, in ihm das aufgeklärte und kritische Bewußtsein anbahnen und jene verantwortliche Haltung hervorrufen, die zur menschlichen Bewältigung der neuartigen Konsumsituation erforderlich ist.

Das Ziel dieser Bemühungen ist der mündige Verbraucher, der im Unterschied zum labilen, lediglich außengelenkten Konsumenten selbstbewußt und selbständig, aber auch vernünftig und sinnvoll, nicht bloß Objekt, sondern Subjekt des Marktgeschehens ist. Der mündige Verbraucher weiß, was er will, und will, was sich in die Gesamtordnung seines Lebens sinnvoll einfügt. Deshalb vermag er unter der Fülle der Angebote zu selektieren und an ihnen zu partizipieren, sich aber auch, wenn angebracht, vom Druck und Sog der Angebote zu distanzieren. Er ist bereit und fähig, dann, wenn im Konsumbereich echte Entscheidungen angebracht sind, adäquat und produktiv zu urteilen und zu handeln sowie dort, wo das Verbraucherverhalten in Routine verlaufen kann, haushälterische Konsumgewohnheiten zu entfalten. Der mündige Konsument wird so einen der eigenen Lebensform entsprechenden, vernünftigen und geschmackvollen Konsumstil ausprägen" (vgl. Anm. 30).

[12] „Zeitgemäße Erwachsenenbildung im Rahmen der Volkshochschule", in: „Moderne Erwachsenenbildung", hrsg. von Aladar Pfniß, Graz-Wien 1969, S. 15 f. Dort heißt es weiter: „Ihr [der Erwachsenenbildung] höchstes Ziel ist jenes individuelle geistig-seelische und sittliche Geformtsein, das Freiheit und Würde, Leistung und Harmonie mit einschließt und im Tun und Lassen eines gebildeten Menschen, einer Persönlichkeit zum Ausdruck kommt." Darin ist ohne Zweifel, wenn auch nicht expressis verbis, die Aufgabe der Geschmacksbildung inbegriffen.

In den neueren Bildungskonzepten wird auch auf die Notwendigkeit der Medienerziehung hingewiesen, aber die darin enthaltene Aufgabe der Beeinflussung des Geschmacksniveaus wird nicht eigens hervorgehoben. Diese hat auch Ferdinand Kastner im Auge, wie aus der Tendenz des ganzen Aufsatzes hervorgeht, wenn nach seiner Auffassung „im Vordergrund alles Bildungsbemühens die Medienerziehung stehen (muß)". („Sind wir auf dem richtigen Bildungsweg?", in: Die Österreichische Volkshochschule, Wien 1969, Nr. 74.)

„Ein entscheidendes Element der menschlichen Persönlichkeit ist seine ästhetische Kultur, seine individuelle Fähigkeit zur Teilnahme am Originalen und Schönen. Arthur Köstler hat anläßlich der Europagespräche in Wien überzeugend dargelegt, wie gerade durch die Massenmedien, die sich Millionen Menschen als ‚Kunden' erziehen wollen, eine Gleichschaltung des Geschmacks und damit die Ausschaltung des persönlichen kritischen Urteils erfolgt. Dadurch werde die Menschheit auf einen gemeinsamen Nenner gebracht bzw. einer Manipulierung unterworfen, die eine der größten Gefahren unserer Zeit darstelle.

Ein Ausweg und Rettungsanker ist auch hier die Ausbildung eines persönlichen Geschmacks und einer persönlichen kritischen Urteilsfähigkeit, wozu die Gewöhnung an den individuellen Umgang mit dem Buch beiträgt. So kann die literarische Erziehung zu einer Vorschule der Pädagogik der Massenmedien werden." (Richard Bamberger, Das Buch und die audiovisuellen Medien, in: Die Barke, hrsg. v. Österr. Buchklub der Jugend, Wien 1970, S. 100 f.)

„Man braucht durchaus nicht der ‚Bildungsromantik' zugetan zu sein und für ‚metaphysische Schwärmerei' in der Erwachsenenbildung einzutreten, um zu wissen, daß Bildung und damit auch Erwachsenenbildung unbedingt mehr ist als Wissensvermittlung und Aneignung gewisser Fertigkeiten. Und man braucht keineswegs ‚von wie immer gearteten Sollensvorstellungen' geplagt und einer unrealistischen ‚Auftragspädagogik' verfallen zu sein, wenn man für eine bedürfnis- und interessenbezogene, also auch berufsorientierte, aber immer den gesamten psychischen Bereich des erwachsenen Menschen berücksichtigende Bildungsarbeit eintritt. Denn so nützlich ein gediegenes ‚Lerntraining' auch sein mag, Bildung ist mehr." (Aladar Pfniß, Aus- und Fortbildung der Erwachsenenbildner, in: Erwachsenenbildung heute und morgen, Graz-Wien 1972, S. 72 f.)

Da die Massenmedien, insbesondere das Fernsehen, ohne Zweifel in den „gesamten psychischen Bereich" ihrer Konsumenten eingreifen, ihre kulturellen Bedürfnisse und damit auch das Niveau ihres Geschmacks beeinflussen, ergibt sich auch aus dieser Sicht die Pflicht der Einrichtungen der Erwachsenenbildung, hier nicht tatenlos beiseite zu stehen.

[13] „Wir müssen darangehen, die Bildung in kleinen diätetischen Dosen (in programmed units) anzubieten ... Éducation permanente bedeutet nicht nur ständiges Weiterbilden der Gebildeten, sondern ständige Bildung, *maßgeschneidert**, für jedermann" (Jocher, a. a. O., S. 9, *Hervorhebung auch im Original).

„Das Hobby, die Laienbetätigung sind keine zweitklassigen Kopien der Betätigungen von Superspezialisten — ob Wissenschaftler, Künstler oder Techniker darunter verstanden werden mögen —, sondern echte Bemühungen um ein Produkt und sich selber zugleich" (Herbert Grau, Erwachsenenbildung und Freizeit, in: Moderne Erwachsenenbildung, Festschrift für Wolfgang Speiser, hg. von Aladar Pfniß, 1969, S. 136).

In diesem Zusammenhang erfreulich ist die Feststellung Wolfgang Speisers, daß „das musische Laienschaffen und die körperliche Ausbildung eine zunehmende Rolle spielen" (Bericht des Generalsekretariats des Verbandes österr. Volkshochschulen zur 15. Ordentlichen Hauptversammlung am 18. Juni 1972 in Haus Rief, S. 3).

[14] Oder ähnlichen Serien (Kobra, Al Mundy, Jason King usw.). Thomas Pluch versucht herauszufinden, was eine beliebige Anzahl von Filmen erst zu einer Serie macht, und „stößt ... schließlich auf eine gestalterische Gemeinsamkeit: Hier wird durchgehend nach der aufwendigen Fasson der Filmindustrie Blödsinn verkauft. Daß man denselben mittlerweile widerspruchslos abkauft, ist wohl ein Zeichen der Resignation vor dem Überangebot; daß man ihn oft nicht einmal mehr entdeckt, ein Zeichen der erfolgreichen Verblödung durch die Fernsehkrimis" („Vor dem Bildschirm", Wiener Zeitung, 28. 6. 1972).

Miserable Filme als solche zu durchschauen oder sie von ihrem dominierenden Platz, den sie in der Gunst des Fernsehpublikums einnehmen, mehr in den Hintergrund verweisen zu wollen, heißt natürlich nicht, etwa den Kriminalfilm schlechthin ebensowenig wie den guten Kriminalroman zu diskreditieren. Das Crimen und die Jagd nach dem Täter hat immerhin einen „König Ödipus" als erhabenes Urbild, und Edgar Allan Poe, Conan Doyle, Agatha Christie und andere sind Autoren, die zu lesen sich auch der Gebildete durchaus nicht zu schämen braucht. So manche „Maigret"-, „Kommissar"-, weniger schon eine „Tatort"-Sendung ist so lange als spannende Unterhaltung akzeptabel, als sie nicht zum Maß des Urteils über Filmspiele genommen, ihre dramaturgische Schwäche nicht erkannt und etwaige Scheinpsychologie darin oder Pseudo-Sozialkritik nicht als bloßer Aufputz durchschaut wird. Kennzeichnende Beispiele sind die abstrusen „Kommissar"-Sendungen „Der Amoklauf" (gezeigt am 2. 6. 1972) und „Ein Funken in der Kälte" (ausgestrahlt am 8. 6. 1973) und die „Samtfalle" aus der „Tatort"-Serie (gespielt am 12. 11. 1972). Es geht also darum, den schlechten vom passablen oder gar guten „Krimi" (wie ihn z. B. der am 29. 9. 1972 gezeigte „Mann auf den Schienen" darstellt, ein spannungsreicher, milieuechter und psychologisch einwandfreier TV-Film) unterscheiden zu lehren und außerdem den dieser Art von Unterhaltung Verfallenen auch den Weg zu anderen, geistig ergiebigeren Produktionen zu eröffnen. Wenn die Kursbesucher einmal die Routine, die gewisse Technik und Mache, mit der die meisten auch der besseren Kriminalspiele hergestellt werden, durchschaut haben, vor allem, daß der sympathische Hauptdarsteller, die mit wirksamen Äußerlichkeiten arbeitende Regie und das C'est la vie, das so offeriert wird, wie sich's der Bildbeschauer in der Regel vorstellt oder haben will, die logischen Absurditäten des Geschehens und die nur aufgeklebte „Tiefe" nicht ins Bewußtsein dringen lassen, ist schon viel geschehen (vgl. dazu Anm. 40).

Ein komisches, in seiner Hintergründigkeit aber nicht weniger tragisches Beispiel für die Wirkung, die die sogenannten Agentenfilme, eine Sonderform von Kriminalfilmen, oder die übliche Kombination von beiden auf Millionen Menschen ausüben und an zahllosen Arbeitsplätzen einen bevorzugten Gesprächsstoff am nächsten Tag abgeben, findet sich in dem zeitgenössischen Stück „Die Eisenwichser" von Heinrich Henkel. Dort erzählt ein Monteur seinen Kollegen den Inhalt eines solchen Produktes, das mit seinem haarsträubenden Unsinn auf den Geschmack grenzdebiler Jugendlicher zugeschnitten ist, aber kritiklos bevorzugt und mit viel Vergnügen von Erwachsenen konsumiert wird. Und von nicht wenigen, zusammen mit einer Fülle anderer, zum Teil sicherlich auch akzeptabler, sogar auch guter Darbietungen, als regelmäßige Abendbeschäftigung im doppelten Sinn des Wortes „angesehen" wird, nachdem sie sich während des Tages an den diversen „hits" in Form von Schnulzen oder progressiv-aggressiv maskierten Protestsongs mit immer neu gemixtem „sound" und mit umwerfender Lautstärke delektiert haben! Dazu meint Bucher (a. a. O., S. 31):

„Es gibt aber auch den Dauerkonsumenten, welcher wahllos und übermäßig konsumiert. Zeit bleibt ihm keine, die angebotenen Werte oder Unwerte nach ihrer Werthaftigkeit zu sichten und einzustufen. Was in seiner Seele zurückbleibt, ist ein allgemeines Wertchaos. Noch weniger bleiben ihm Zeit und Energie, sich für höhere geistige Werte (vor allem musischer, sittlicher, religiöser Art), die nicht mehr so leicht zugänglich sind und die erarbeitet werden müssen, freizuhalten oder sich für sie zu engagieren" (vgl. Anm. 3).

[15] Vgl. Ivo Braak, Poetik in Stichworten, 1965, SS. 7, 140, 161.

[16] Nämlich entsprechend der Zusammensetzung der Kursteilnehmer und der jeweiligen besonderen Zielsetzung.

[17] Und damit auch eine Aufgabe der Erwachsenenbildner! Man befaßt sich mit ihr in Kursen mit aktiver künstlerischer Tätigkeit, etwa in Chorgesangsgruppen, im Instrumentalunterricht oder im gemeinschaftlichen Musizieren; im Laienspiel u. ä.; aber mehr oder weniger passiv auch in kunstgeschichtlichen oder kunst-

betrachtenden Kursen und in Kunstreisen; in Literaturarbeitsgemeinschaften und dergleichen.

Ein hervorragendes Beispiel der Vielfalt der Möglichkeiten, insbesondere der aktiven künstlerischen Betätigung, ist der Arbeitsbereich der Künstlerischen Volkshochschule in Wien.

[18] Wohl verständlich, als Pendelschlag gegen die Überwertung der ästhetischen Bildung seit der Zeit des Neuhumanismus bis in den Anfang des 20. Jahrhunderts, ist die im Verhältnis zu den anderen Bildungszielen offensichtlich geringe Bedeutung, die man dem musischen Bereich jetzt zumißt, aber dies ist wohl nicht gerechtfertigt.

In den sechs Schwerpunkten, die Wilhelm Niggemann in den Aufgaben der modernen Erwachsenenbildung sieht, steht, wohl durchaus mit Recht, die Befähigung des Menschen zum kritischen Hören, Sehen und Denken an vorderster Stelle, aber es fehlt jeder konkrete Hinweis auf die Formung des Geschmacksniveaus und die Rolle, die das Musische, zumindest in der Auseinandersetzung mit diesem für den Medienkonsumenten, wenn schon nicht für die Formung seiner Persönlichkeit spielt (Hannelore Blaschek, Bericht über die Vorlesungen von Dozent Wilhelm Niggemann vom Deutschen Institut für Erwachsenenbildung in Münster/Westfalen, gehalten beim 3. Studienseminar in St. Wolfgang, in: Neue Volksbildung, Wien, 1968, Heft 2, S. 61).

Auch in der Empfehlung, die ein Seminar im Juni 1970 in St. Wolfgang über „Ziele, Inhalte und Funktionen der Erwachsenenbildung“ erarbeitet hat (wie der Berichterstatter Leopold Wiesinger mitteilt, repräsentierten die Eingeladenen einen sehr großen Teil, aber nicht alle Einrichtungen der österreichischen Erwachsenenbildung), fehlen alle konkreten Hinweise auf die Bedeutung und Notwendigkeit der Medienerziehung, der Geschmacksbildung, der Stärkung der Erlebnisfähigkeit und der Befassung mit dem Bereich des Musischen. (Sozialistische Erziehung, Wien 1970, Nr. 7/8, S. 185 ff.)

Auch in den (allerdings nur auszugsweise wiedergegebenen) Erwachsenenbildungsprogrammen der ÖVP und SPÖ aus dem Jahr 1970 enthält jenes keine derartige Bemerkung, dieses den Satz: „Den Möglichkeiten der kommenden Freizeitgesellschaft entsprechend, bekommt die schöpferische, musische Tätigkeit des einzelnen besondere Bedeutung.“

Das ist zweifellos begrüßenswert, bezieht sich jedoch mit der Einschränkung auf „schöpferisch“ nur auf eine kleine Minderheit und läßt die alles überragende Bedeutung des Fernsehens als literarisch-musisches Bildungsmittel im positiven wie im negativen Sinne außer acht. („Erwachsenenbildungsprogramme der SPÖ und ÖVP“, in: Die Österr. Volkshochschule, Wien 1970, Nr. 76, S. 2 ff.)

J. A. Simpson stellt zwar bei der Aufzählung der Veränderungen in der Industriegesellschaft in den letzten zwanzig Jahren fest: „Zu Presse und billigen Publikationen haben sich nun Rundfunk, Fernsehen und eine hochentwickelte Werbung gesellt, so daß die Massenmedien die geistige Einstellung, den *Geschmack*, die moralische Haltung und das Verhalten der Mehrzahl der Menschen entscheidend mitbestimmen.

Eine für die breite Masse maßgebende und von ihr bewunderte Massenkultur hat sich aus Elementen wie Schlagermusik, *Fernsehprogrammen*, Fußball und den Meinungen daran beteiligter Personen entwickelt.“

Der Bewältigung der Aufgaben der Erwachsenenbildung steht, wie er sagt, neben dem Mangel an ausreichenden Geldmitteln (gemeint sind die Institutionen der Erwachsenenbildung) als offensichtliche Schwierigkeit das *ausschließliche Interesse der breiten Bevölkerungsschichten an der vorhin erwähnten vorgefertigten Konsumkultur.* (Hervorhebungen vom Verfasser.) Trotzdem führt Simpson unter den großen Zielen der Erwachsenenbildung von heute an sechster (letzter) Stelle bloß in dem hier behandelten Zusammenhang „Erziehung zu geistigen Werten, gleichgültig, ob diese religiöse Dogmen betreffen oder nicht", an. Das ist offensichtlich zuwenig! (Probleme und Tendenzen der europäischen Erwachsenenbildung, Arbeitspapier von J. A. Simpson, Sonderheft Konfrontationen, a. a. O., S. 14 ff.)

Weitaus entschiedener ist die Schlußfolgerung, die Herbert Grau zieht:

„Eine wesentliche neue Möglichkeit ergibt sich aus der ständigen Hebung des allgemeinen Bildungsniveaus. Je höher das Bildungsniveau des einzelnen ist, um so höher liegen seine Freizeitanforderungen, um so weniger gibt er sich mit bloßen Angeboten zufrieden. Gerade jene, die der Weiterbildung am notwendigsten bedürfen, geraten immer stärker in den Sog der Freizeitgelegenheiten, die im besten Fall bildungsneutral sind. Die Erwachsenenbildung muß daher bewußt den härter gewordenen Konkurrenzkampf mit den viel mächtiger gewordenen anderen Freizeitkräften aufnehmen, aber auch den Kampf gegen die Apathie der Mehrheit" (Herbert Grau, a. a. O., S. 138).

In der Grundsatzerklärung des Verbandes österreichischer Volkshochschulen „Auftrag, Wesen und Stellung der Volkshochschulen in Österreich" (Sonderdruck aus: Die Österreichische Volkshochschule, Nr. 61, 1966, Wien) heißt es im Abschnitt „Formale Bildung" u. a.: „. . . formale Bildung, das heißt Denkschulung, Willenstraining und Kultivierung der Gefühle (ist) notwendig."

Unter der Überschrift „Erfüllung der Freizeit" wird wohl festgestellt, daß die Volkshochschule „die durch Spezialisierung verkümmernden Kräfte des einzelnen (entwickelt), ihn zu kritischer Auswahl aus dem Angebot der mit Freizeitgestaltung beschäftigten Industrien und den Massenmedien (befähigt)", aber dieser Aufgabe wird nicht der ihr zukommende bevorzugte Rang zugewiesen, den man ihr heute nach den Erfahrungen der letzten sechs Jahre — seit dem Erscheinen der Grundsatzerklärung — wohl zuerkennen müßte (wie dies auch Ferdinand Kastner — Anm. 12 — entschieden fordert). Man sollte sich auch nicht mit der durch die Vielfalt von Volkshochschulkursen mittelbar angestrebten Erziehung zu kritischer Haltung gegenüber den Freizeitindustrien und den Massenmedien begnügen, sondern durch eigene Kursveranstaltungen, wie z. B. eben durch Literarische Fernsehkreise, gezielt das Geschmacksniveau zu verbessern trachten.

In dem „Bundesgesetz über die Förderung der Erwachsenenbildung und des Volksbüchereiwesens aus Bundesmitteln", das der Nationalrat im März 1973 einstimmig beschlossen hat (daß die Erwachsenenbildung überhaupt gesetzlich verankert worden ist, ist dem Verband österreichischer Volkshochschulen, dem jahrzehntelangen Drängen und den Vorarbeiten führender Volksbildner, vor allem Aladar Pfniß und Wolfgang Speiser, zu verdanken), wird die musische Bildung (zu deren konstitutiven Merkmalen wohl unbestritten die Geschmacksbildung zählt) als eine der „insbesondere in Betracht kommenden förderungswürdigen Aufgaben" angeführt. Ein ausdrücklicher Hinweis auf die wohl nicht weniger bedeutsame Aufgabe der Medienerziehung fehlt zwar, aber diese ist ohne weiteres aus den Worten des Zielparagraphen 1 abzuleiten, in dem als Gegenstand der Förderung Einrichtungen und Tätigkeiten genannt sind, die u. a. „die Fähigkeit und Bereitschaft zu verantwortungsbewußtem Urteilen und Handeln und die Entfaltung der persönlichen Anlagen zum Ziel haben".

Die Notwendigkeit der Medienerziehung kann aber sinngemäß auch unter die förderungswürdige Aufgabe der „Bildung als Lebenshilfe" subsumiert werden, da der Begriff der „Lebensbewältigung", wie aus den Erläuterungen zu den Gesetzesbestimmungen hervorgeht — wie alle anderen in den Zielparagraphen 1 und 2 genannten Begriffe —, „im weitestmöglichen Sinne" zu verstehen ist.

Der Verband Wiener Volkshochschulen hat sich in einer außerordentlichen Hauptversammlung im Juni 1973 ein neues Statut gegeben. In diesem wird die Medienerziehung ausdrücklich als Aufgabe genannt („Bildung als Lebenshilfe, einschließlich der Medienpädagogik").

In § 1 wird, über den Katalog der Aufgaben der Erwachsenenbildung im Förderungsgesetz hinausgehend, wenn natürlich auch nicht im Widerspruch zu diesem, u. a. auch die Förderung von Tätigkeiten, die die „Weckung von Interesse und Freude an geistiger und schöpferischer Arbeit" zum Ziele haben, angeführt.

[19] Wohl als erster in Österreich hat Hans Altenhuber es als Aufgabe der Volkshochschulen erkannt, sich mit Medienerziehung zu befassen. In den Jahren 1964 bis 1969 leitete er Diskussionen im Anschluß an gemeinsam gesehene TV-Sendungen, allerdings eher allgemeinbildenden als spezifisch literarischen Charakters. (Hans Altenhuber, Fernsehen und Volkshochschule in der Praxis, Erfahrungsbericht aus dem Fernsehklub der Volkshochschule Ottakring, in: Die Österr. Volkshochschule, Heft 62, 1966.)

Einen Fernsehkreis führt Hans Kainz seit Herbst 1971 in Linz. Er ist für „Interessenten (gedacht), die aus dem Programm des Fernsehens die Sparten Aktuelles, Information und Literatur *kritisch* (Hervorhebung im Original) betrachten und sich im Anschluß daran darüber aussprechen wollen. Wichtige Sendungen werden mit dem Video-Recorder aufgenommen und an Montagen wiedergegeben und besprochen ..." (Fernsehen und Erwachsenenbildung in Österreich, Fernsehkorrespondenz Nr. 4, November 1971, Wien, S. 3.)

„In Österreich und auch von der Volkshochschule Linz wurden bereits Versuche unternommen, Fernsehkreise als Grundlage für Volkshochschulkurse zu nehmen. Aber diese Versuche scheinen an der unterschiedlichen Grundhaltung der Menschen zu scheitern. Der VHS Linz ist es bisher nur gelungen, einige Sprachkurse an Fernsehkurse anzuknüpfen. Der Versuch, Theatersendungen des Fernsehens zum Ausgangspunkt für Literaturkurse zu nehmen, war so lange erfolgreich, als die Sendungen regelmäßig gebracht wurden: Stilbrüche in der Sendereihe, zu lange Sendungen und schließlich auch der Abgang eines erfahrenen Kursleiters beendeten diesen ersten Versuch ... Die Versuche müssen fortgesetzt werden, bis die richtige Form gefunden wird." (Herbert Grau, Die Volkshochschule Linz, Aspekte ihrer Bildungsarbeit im Jahre 1969, in: Aladar Pfniß, Erwachsenenbildung in dieser Zeit, Graz 1972, S. 269.)

Vermutlich hat sich seit 1969, als der Video-Recorder noch kaum Eingang in die Arbeit der Volkshochschule gefunden hatte, die Situation wunschgemäß geändert.

Über die Literarischen Fernsehkreise in der Volkshochschule XIII in Wien seit Herbst 1970 und in der Volkshochschule für Hörbehinderte in Wien XV seit dem Frühjahr 1971 wird später berichtet.

Möglicherweise durch die Beispiele in Österreich angeregt, hat die Volkshochschule Nürnberg im Herbst 1971 einen Literarischen Fernsehkreis mit Verwendung des Video-Recorders angekündigt: „Wir betrachten interessante Fernsehspiele der Gegenwart wie auch Aufzeichnungen von Theaterstücken der Klassiker und besonders der zeitgenössischen Dramatik und diskutieren anschließend über Werk und Interpretation.“ Für jeden Abend ist die Dauer von 2³/₄ Stunden vorgesehen. Die Kenntnis von dieser Veranstaltung geht darauf zurück, daß der Verband Wiener Volksbildung und die Volkshochschule Nürnberg ihre Programme jeweils einander zusenden (vgl. Anm. 31).

[20] Janitschek, Didaktik, a. a. O., S. 8.

[21] Norbert Janitschek, Die audio-visuellen Medien in Schule und Volksbildung, in: Telespiegel, Österreichischer Bundesverlag, Wien, Heft 37, April 1972, S. 19.

Die Illusion von der Bildungskraft von Hörfunk und Fernsehen erstreckt sich bei den Medienvergötzern (sofern ihnen seine Theorien bekannt sind), wohl auch unter dem Einfluß Marshall McLuhans, ebenso auf die optimistische Vorstellung, daß der „elektronische“ Mensch in die Gemeinschaft des „globalen Dorfes“ zurückversetzt worden (in anderen Worten etwa, daß er zum Nachbarn, zum echten Mitmenschen geworden) ist, nachdem er den „spalterischen Einfluß des (Buch-)Drucks“ überwunden hatte. (Jonathan Miller, Marshall McLuhan, Deutscher Taschenbuch Verlag, München, Mai 1972, S. 10 und S. 108 f.) Diese Auffassung, wie auch andere Thesen McLuhans, bekämpft Miller entschieden (vgl. Anm. 59).

Tatsächlich verhält es sich hier nicht viel anders als bei der vielzitierten „völkerverbindenden“ Funktion des Sports. Dieser seit jeher immer wieder strapazierte Gemeinplatz entpuppt sich als schön klingende, aber leere Phrase. Die Vorkommnisse bei den Olympischen Spielen 1972 wie die geradezu hysterische Heroisierung des österreichischen Schiläufers Karl Schranz stützen die Gültigkeit dieser ernüchternden Feststellung auch für die Gegenwart.

„Mit anderen Worten: jegliches ‚Dorfgefühl‘, das das Fernsehen erzeugt, ist nahezu vollständig abhängig von den gedruckten Argumenten, die ihm zuvor schon Priorität eingeräumt haben.“ (Miller, a. a. O., S. 110.) Sinngemäß darf man fortsetzen: von den Wertvorstellungen, der Fähigkeit des Mitfühlens und von dem charakterlichen Niveau, das der Seher/Hörer besitzt bzw. erworben hat.

„Das Schicksal von Ideen und Erfindungen wird bestimmt durch den Charakter der gesellschaftlichen Einrichtungen, die sich ihrer bedienen, und nicht durch irgendwelche angeblichen geistigen Mängel in den Gehirnen derjenigen, welche die ursprüngliche Erfindung hervorbrachten“ (Miller, a. a. O., S. 55).

Vermutlich ebenfalls unter dem Einfluß Marshall McLuhans (Anm. 59) kommt Horst Ruprecht (H. R. u. a., Medienzentren im Bildungssystem, Westermann Taschenbuch) zu der überraschenden Feststellung: „Die ergänzende Funktion der Medien als geschmeidige didaktische Werkzeuge in der Hand des Lehrers ist längst von Theorie und Praxis überwunden, und die Medien haben sich zu Trägern didaktischer Entscheidungen entwickelt.“ ? (Fragezeichen vom Verf.)

„Sie sind aber unter Anlegung strenger Maßstäbe auf jene Funktionen im Lernprozeß zu beschränken, für die ihre Struktur sich in besonderer Weise eignet. Dabei handelt es sich in erster Linie um die Faszinationskraft, die sich in einem verstärkten Motivationsgewinn äußert, um ihr Aktualitätspotential, ihre Vergitterungsmöglichkeiten“ (ob mit diesem preziös anmutenden Ausdruck die Verbindung mit der Quadriga — TV, Hörfunk, Begleitmaterial und Studienbegleitzirkel —, über die der Autor vorher referiert hat, oder bloß die Vielfalt der Assoziationsmöglichkeiten gemeint ist, bleibt offen), „die Reizkumulation, die dramaturgische Optimierung und die handelnd anschauliche Informationsvermittlung“ (S. 29).

Von dieser Faszinationskraft ist jedenfalls der Autor selbst überwältigt worden — als Beispiel für den seelischen Mechanismus des „Wertwachstums“ (über diese von Hans Thirring in der „Kunst des menschlichen Zusammenlebens“ beschriebene psychologische Erscheinung näheres bei Janitschek, „Audiovisuelle Medien“, a. a. O., S. 19) — aber die Masse der Fernsehkonsumenten wird längst nicht mehr, wenn überhaupt jemals, von den durch die Medien vermittelten Bildungsinhalten und -gehalten, sondern fast nur noch durch Sport-, „Krimi“- und ähnliche Sensationen fasziniert.

Wenn der Autor später abschwächend bemerkt, daß die „Medienverbundsysteme ... in bestimmten Funktionen den Lehrer ersetzen“ (S. 30), so setzt er sich damit zwar in Widerspruch zu seiner Behauptung, daß die Medien längst nicht mehr didaktische Werkzeuge, sondern „Träger didaktischer Entscheidungen“ sind, ohne sie aber zu widerrufen.

Walter Cappel (ebenda, S. 79) sieht die Problematik der Einbeziehung der Technologie in Unterricht und Bildung wohl richtiger: „Erst in der selbständigen aktiven Gestaltung und der sachlichen Diskussion mit anderen können Informationen existentiell bedeutsam werden. Diese Personalisierung einer Information ist ein wichtiger Bestandteil des Bildungsprozesses ... Die Personalisierung ist auf die zwischenmenschliche Auseinandersetzung angewiesen.“

Durchaus im Einklang mit dieser Auffassung, im besonderen aber auf die Notwendigkeit der Kompensation der Flüchtigkeit der Eindrücke sowohl bei der Gestaltung von Sendungen als auch bei ihrer Verwendung im Medienverbund gezielt, ist die Erkenntnis von Gerd Kadelbach (Massenmedien, Universität und Volksbildung als Glieder einer didaktischen Montage, in: Günther Dohmen — Gerd Kadelbach u. a., Fernstudium — Medienverbund — Erwachsenenbildung, Westermann-Taschenbuch, S. 45 f.): „Seine Aussagen werden gleichsam in den Wind gesprochen. Die Produktionen des Mediums verwehen im Augenblick, im Gegensatz etwa zu den Artikeln einer Tageszeitung, die zwar ‚pour le jour‘ formuliert wurden, aber nachgelesen werden können.“

„Zu einer ernsthaften Auseinandersetzung mit einer geistigen oder künstlerischen Äußerung gehört allemal die Möglichkeit des ernsthaften Studiums dieser Äußerung. Was sich z. B. in einer Zeitung beliebig oft nachlesen läßt, das ist beim Fernsehen (wie beim Hörfunk) auf die Zufälligkeit beschränkt, daß man auch wirklich zugehört hat. Und selbst wenn man wirklich zugehört hat, kommt es noch darauf an, ob man auch aufgepaßt hat. Die Konzentration auf das Wesentliche ist beim Fernsehen im Familienkreis meistens von der hysterischen Frage begleitet: ‚Was hat er gesagt?‘ “ (Thomas Pluch, Vor dem Bildschirm ..., in: Wiener Zeitung, 27. 9. 1972.)

Daß es sich bei dieser feuilletonistisch formulierten Aussage mit ihrem heiteren Anstrich um eine durchaus ernstzunehmende Feststellung handelt, findet eine Stütze in dem Bericht: „Kaum Interesse für ‚ZiB'. Schweden untersucht Sehgewohnheiten bei TV-Nachrichten." „Jetzt haben die Meinungsbefrager herausgefunden, wie aufmerksam die tägliche Nachrichtensendung im Fernsehen betrachtet wird. ‚Äußerst mangelhaft', ist das Ergebnis. Durchgeführt wurde die Untersuchung vom Schwedischen Fernsehen, doch gelten die gleichen Zahlen für Österreich (das ist zwar nur eine Vermutung, aber sie dürfte wohl nicht weit fehlgehen. D. Verf.). Hier wie dort beginnt ‚Zeit im Bild' (interne Abkürzung ‚ZiB') um 19.30 Uhr. Unmittelbar nach der Sendung, um 20 Uhr, wurde ein Sample von 700 Fernsehern telefonisch befragt. (In Österreich sitzen laut Infratest regelmäßig zwischen 1,6 und zwei Millionen Menschen vor den Apparaten und geben regelmäßig hohe Bewertungsindices um 4,2.)

Die Hälfte der Befragten in Schweden gab an, die Sendung von Anfang bis zum Ende gesehen zu haben. 15 Prozent paßten gleich und erklärten, zwar zugesehen zu haben, sich aber an nichts zu erinnern, 35 Prozent saßen nur zeitweise vor dem Schirm.

In der Gruppe, die sich nicht fähig fühlt, den Nachrichten aufmerksam zu folgen, waren Frauen und Kinder unter 15 Jahren besonders stark vertreten. Im Durchschnitt konnte man sich ohne Gedächtnisstütze nur an 2,5 (!) von zwölf News-Beiträgen erinnern. Die Meinungsforscher hatten natürlich eine Sicherung eingebaut: Nach dem Vorlesen einer Liste mit News-Beiträgen, die zu Kontrollzwecken zwei fiktive Beiträge nannte, wollten 20 Prozent auch die gar nicht gezeigten Beiträge gesehen haben.

Die Studie kommt zu dem Schluß, daß das Einschalten der Nachrichtensendung am Abend zur täglichen Routine geworden ist. Nur mit relativ wenig echtem Nachrichteninteresse wird aber zugesehen. Das vorhandene Bewußtsein, Versäumtes in den Zeitungen nachlesen zu können, begünstigt noch diesen Trend, heißt es weiter" (Kurier, 13. 8. 1973).

Alexander Giese macht in dem Aufsatz „Stationen auf dem Weg zum Bildungsfernsehen" „einige Bemerkungen zu den psychologischen Voraussetzungen: Schauen und Zuschauen fasziniert uns alle, es bereitet mehr Vergnügen als Lesen, Denken, Sprechen, Schreiben und hat dazu den Vorzug, ‚leichter' zu sein ... Die dosierte Mischung von Wort und Bild, das teilweise Einbringen von ‚realer Wirklichkeit' (man entschuldige die Tautologie), die Aktualität aller Information, die Fiktion des ‚Dabei-Seins', der Information aus erster Hand, aus dem zuständigen Mund der kompetenten Person — das erhöht den Wirkungsgrad des Fernsehens gegenüber Medien, die sich auf Sprache und Schrift verlassen müssen, im ‚Augenblick', im ‚Moment'; es verringert den Wert eben dieser Information dann, wenn beim Rezipienten der Eindruck zu rasch, zu peremptorisch, zu vorübergehend anlangt und der Informationsgehalt nur zum Teil aufgenommen wird. Die Feinde jeder Informationstätigkeit des Fernsehens und des Hörfunks sind die Barrieren im Gehirn des Rezipienten". Barriere Nummer 1 ist die kognitive Dissonanz. „Wir sind meistens nur bereit, dasjenige zu rezipieren, was in unseren Bezugsrahmen paßt, was wir etwa schon kennen, wir lehnen Informationen, die nicht in unser Weltbild passen oder es stören, es widerlegen, allzugern allzurasch ab."

Als Barriere Nummer 2 bezeichnet Giese „die Tatsache, daß wir sowohl ein Kurzzeitgedächtnis wie ein Langzeitgedächtnis besitzen". Die Frage für den Kommunikator bestehe darin, wie er es zuwege bringe, „Inhalte im Langzeitgedächtnis zu fixieren".

In der Fähigkeit zu „vergessen", die positiv und negativ zu werten sei, sieht Giese die Barriere Nummer 3. „Dieser Schutzmechanismus der Psyche jedes Menschen jeden Alters selektiert — ich möchte sagen in enger Kooperation — mit den beiden vorgenannten Barrieren."

Giese sieht in „Hörfunk und Fernsehen alles in allem hervorragende Informations- und auch Unterhaltungsmedien. Um als Mittel der Bildung wirksam zu werden, müßten aber zahlreiche Vorbedingungen geschaffen werden . . .", vor allem um die Rezipienten in die Lage zu versetzen, nicht bloß zu konsumieren, sondern mit ihnen (den Medien) zu lernen. (Neue Wege, Wien, September 1972, S. 27 f.).

Ein wenig spät zwar, aber dennoch natürlich erfreulicherweise beginnt man da und dort die Erkenntnis in die Tat umzusetzen, daß Hörfunk und Fernsehen nicht bloß ausgezeichnete Hilfsmittel für den Unterricht in der Schule, für das Lernen sind, sondern daß es nicht weniger wichtig ist, vielleicht noch wichtiger, die Schüler zum richtigen Umgang mit diesen, in ihrer Wirkungsmächtigkeit gar nicht überschätzbaren Massenmedien und den übrigen Massenkommunikationsmitteln zu erziehen. Diese Fachausdrücke sind eingebürgert und nicht mehr zu ersetzen, aber sie sind nicht wirklich treffend und verleiten daher zu einer ungleichmäßigen Einschätzung ihres Einflusses, vorwiegend nämlich zur Befassung mit der Art und Weise ihrer Informationsvermittlung und der mit dieser zusammenhängenden politischen Bedeutung im weitesten Sinn des Wortes.

Die Funktion und Wirkung dieser jedem unaufhörlich und fast unentrinnbar zufließenden Informationsquellen erschöpfen sich aber nicht in der Flut der eigentlichen „Kommunikation" in der hauptsächlichen Bedeutung des Wortes, also in der Verbreitung von Nachrichten aller Art, ihrer Präsentation und Kommentierung: Hörfunk und Fernsehen vor allem, die fast in jedes Haus Eingang finden, stehen mit ihren Unterhaltungsprogrammen — und nur diese werden ja von der weitaus überwiegenden Masse der Bevölkerung empfangen — in nicht zu übersehender Wechselwirkung mit dem kulturellen Standard des ganzen Volkes. Ob dieser nun sinkt oder steigt, ist zu allererst von der Geschmackserziehung abhängig.

Und von dieser ist, wenn überhaupt, auch in den neuen Schulkonzepten nur am Rande, nur indirekt die Rede.

So schreibt der Direktor des Instituts für Journalismus und Massenkommunikation an der finnischen Universität Tampere, Kaarle Nordenstrend, in dem Artikel „Fernsehen — in der Schule gelernt. In Finnland ist die Beschäftigung mit dem TV für alle Schüler Unterrichtsfach", daß „das Curriculum eine ‚gesellschaftsorientierte' Annäherung (verlangt), so daß an Stelle einer ästhetischen Abhandlung oder der Beschäftigung mit einem besonderen Medium die Betonung darauf liegt, wie Information vermittelt und Meinungen dargeboten werden. Den Schwerpunkt bilden die Medien als gesellschaftliche Institutionen, die bestimmen, was die Öffentlichkeit durch die Massenkommunikationsmittel erreicht. Die Schüler müssen deshalb in die Lage versetzt werden, Ausdrucksmittel und Inhalte verschiedener Medien kritisch zu betrachten und zu erkennen, welche Auswirkungen sie auf ihre Empfänger haben.

Der Unterricht in den Massenmedien beginnt mit der Geschichte der Kommunikation, Erklärungen ökonomischer Strukturen und führt zu einer Untersuchung der Bedeutung der Massenmedien in der modernen Gesellschaft. Die Bedeutung der Kommunikation für die Demokratisierung der Gesellschaft in verschiedenen Teilen der Welt wird ebenfalls behandelt." (AZ, Wien, 10. August 1973.)

Zweifellos ein löbliches Unternehmen! Ob die Schüler auf diese Weise nun aber auch zu einem gehobeneren Unterhaltungsanspruch geführt werden?

Nach Zeitungsberichten (z. B. „Ab Herbst ‚Medienerziehung' an Schulen", Wiener Zeitung, 8. Juli 1973) sieht ein Erlaß des Bundesministeriums für Unterricht und Kunst „die Einführung einer ‚Allgemeinen Medienerziehung' in allen Gegenständen und allen Schulstufen (vor).

Wie im Unterrichtsministerium dazu erklärt wird, soll mit der Medienerziehung an Österreichs Schulen eine Generation von Menschen heranwachsen, die den Massenmedien, von denen sie täglich beeinflußt und angesprochen wird, nicht nur illusionslos gegenübersteht, sondern auch deren Bedeutung für die Demokratie schlechthin erkennt. Die Schüler sollen, so der Erlaß, ‚die Struktur, die Gestaltungsmittel und die Wirkungsmöglichkeiten der Kommunikationsmedien erkennen und verstehen und deren Angebote selbständig und kritisch beurteilen können'."

Die letzten Worte („... Angebote ... können") lassen durchaus erhoffen, daß unter den „Angeboten" auch die literarischen Darbietungen im weiteren Sinn des Wortes, also Film, Fernsehspiel, Dokumentarspiel und Aufzeichnungen von Theaterstücken (vgl. den Abschnitt „Film- und Fernsehspiel", S. 25), zu verstehen sind.

Die Methodik und Didaktik der TV-Begleitkurse in den Volkshochschulen, nicht zuletzt des Literarischen Fernsehkreises, könnten, altersgemäß modifiziert, auch für die Medienerziehung in den Schulen eine wertvolle Hilfe sein.

[22] (Janitschek, Audio-visuelle Medien, a. a. O., S. 19.)

„Fernsehen und Rundfunk holen uns nahe an sie (die Existenz des anderen, anderer Menschen, anderer Kulturen) heran, und der kontaktarme, isolierte Mensch erhält plötzlich eine Fülle von Begegnungsgelegenheiten, einen Weg zur Wirklichkeit, zur Teilnahme an dem Geschehen unserer Tage. Beide heben das Bildungsprivileg auf, das es nur den in der Großstadt oder in ihrer Nähe Lebenden erlaubt, am Kulturgeschehen unmittelbar teilzuhaben. Kunst und Wissenschaft, aktuelle Ereignisse und Unterhaltung gelangen in einsame Bergtäler und verkehrsferne Gebiete der Ebene. Die Programme werden in sinnvoller Auswahl Nahrung für Geist und Gefühl, bieten Gesprächsstoff und Anreiz, auch auf andere Weise das interessierende Fach zu verfolgen, z. B. in den Volkshochschulen" (Foltinek, a. a. O.).

Vor 13 Jahren, als diese Sätze geschrieben wurden, war die Hoffnung, das Fernsehen werde auch den Besuch der bildenden Kurse an den Volkshochschulen fördern, durchaus begründet. Damals gab es in Österreich insgesamt 112.000 Fernsehempfangsgeräte, in Wien rund 50.000 (ebenda, S. 16) gegenüber 1,745.530 (in Wien 518.001) am 1. September 1973.

Wie sehr in Zukunft das Fernsehen große Teile der Bevölkerung in seinen Bann ziehen und gerade in den Abendstunden, zur Zeit der VHS-Kurse, vor dem Bildschirm festhalten würde, war damals nicht vorauszusehen. Auch noch im Jahre 1965 konnte Kutalek in seiner Publikation über eine Untersuchung, die er mit Hans Fellinger in den Jahren 1963/64 durchgeführt hatte, in dem Abschnitt „Volkshochschule und Fernsehen“ feststellen, daß durch das Fernsehen bei Kursen auf die Dauer kein Abfall eintrete. Damals allerdings hatten zwei Drittel der Hörer noch kein TV-Gerät! Diese Vermutung gilt, wenn man sie auf die Gegenwart beziehen wollte, wenn überhaupt, sicherlich mit mehr Berechtigung für die berufsfördernden Kurse, Stenographie, Fremdsprachen, kaufmännische Fächer z. B., als für die allgemeinbildenden (Norbert Kutalek—Hans Fellinger, Zur Wiener Volksbildung, Wien, 1965).

Auf einen Umstand, auf den in der Medienliteratur, soweit sie sich mit den Relationen Rundfunk und Fernsehen bzw. VHS befaßt, anscheinend noch nie hingewiesen worden ist, möge hier Bezug genommen werden:

Daß man allein mit diesen Medien ohne zusätzliche Hilfe nichts wirklich erlernen kann, eine Fremdsprache z. B., Buchhaltung, elektronische Datenverarbeitung usw., leuchtet wohl den meisten von vornherein ein, aber um „gebildet“ zu werden, wie man es leider nur zu oft versteht, d. h. von möglichst vielem etwas gehört zu haben, einige Fachausdrücke in ihrer ungefähren Bedeutung kennenzulernen, ebenso Namen, Titel, Zahlen, und in der gleichen Weise möglichst viel gesehen zu haben: dafür genügen, wie sie meinen, durchaus die Bildungsquellen, die man zu Hause hat!

Es ist nicht ohne weiteres von der Hand zu weisen, daß diese Medien mehr Menschen vom Besuch einer VHS abhalten, als sie dazu anzuregen. Die Statistiken, die bisher gemacht wurden, können weder das eine noch das andere erhärten. Nach den Zahlenangaben Fellingers ergeben sich als Frequenz der VHS Ottakring, Wien, 1,7 Prozent der Bevölkerung des Einzugsgebietes, die irgendwelche Kurse besuchen, einschließlich Basteln, Stenographie, Kosmetik, Turnen, Tanz usw. Auf ganz Wien bezogen und den Abfall der Hörer während eines Kursjahres berücksichtigend, ergibt sich etwa ein Prozent der Bevölkerung Wiens, die irgendeinen Kurs einer VHS regelmäßig besuchen, aber es sind wohl nur einige Promille, die wissenschaftliche (Kutalek zieht die Bezeichnung „allgemeinbildende“ vor) Kurse frequentieren, Sprachkurse eingeschlossen (ebenda). Vgl. Anm. 72.

Aus dem vom Verband Wiener Volksbildung herausgegebenen Bericht über das Kursjahr 1970/71 (S. 8 ff.) läßt sich ein ungefährer Durchschnittswert von einem Prozent der erwachsenen Bevölkerung errechnen, die einen wissenschaftlichen Kurs regelmäßig besucht, wenn man den erfahrungsgemäß eintretenden Abfall von Hörern während des Jahres berücksichtigt. (Durchschnitt rund 13.000 je Trimester. Wiener Bevölkerung von 18 Jahren aufwärts — laut Auskunft des Statistischen Zentralamtes über die Ergebnisse der letzten Volkszählung: 1,241.700.)

Die entschiedene Feststellung Wolfgang Speisers, die sich auf die obige Untersuchung stützt, darf also wohl in ihrem Anspruch auf Gültigkeit auch für die siebziger Jahre bezweifelt werden: „Die Wiener Untersuchung hat auch deutlich gemacht, daß zur Zeit der Erhebungen (also 1965!) der Besitz eines Fernsehapparates in keiner Weise vom Besuch einer Volkshochschule abhielt" (Wolfgang Speiser, Volkshochschule in den siebziger Jahren, in: Die Österreichische Volkshochschule Wien 1972, Nr. 84, S. 5). Im folgenden eine andere Meinung:

„Das Fernsehen ist Freund und Feind der Volkshochschule in einem. Es nimmt der Volkshochschule viele Besucher weg, allerdings nicht so viele, wie befürchtet worden war" (Herbert Grau, Die Volkshochschule Linz, a. a. O., S. 268).

Die in der Anmerkung 5 zum Ausdruck gebrachte Reserve gegenüber den durch die Meinungsforschung erbrachten zahlenmäßigen Ergebnissen (in der von Gertrud Wagner durchgeführten „Hörerbefragung der österreichischen Volkshochschulen", 1955) erhält von Wolfgang Speiser eine Stütze: „Bekanntlich sind die angeführten Gründe (für den Nichtbesuch einer Volkshochschule) im allgemeinen durchaus nicht verläßlich, sondern werden ohne viel Überlegen dem Befrager gegenüber mehr oder weniger vorgeschützt." Die Reserve wächst sich zum Mißtrauen aus, wenn man von Speiser weiter folgendes erfährt: „Wochenendkurse zu besuchen wünschten 25 Prozent der Männer und 20 Prozent der Frauen, wobei die höchste Zahl der Sonntagvormittag mit 10 Prozent war. Versuche, die von Wiener Volkshochschulen einige Zeit nachher gemacht wurden, ergaben aber den faktischen Nichtbesuch aller Wochenendkurse, während kommerzielle kaufmännische und Sprachkurse manchmal trotz ihrer hohen Gebühren zustande kommen." Kommentar wohl überflüssig! (Wolfgang Speiser, Soziologie und VHS, in: Die Österreichische Volkshochschule, 1971, Nr. 81.)

In dem gleichen Aufsatz zitiert Speiser aus der „ersten gründlichen Publikation der Nachkriegszeit" (S. 4) von Wolfgang Schulenberg, Ansatz und Wirksamkeit der Erwachsenenbildung, Göttinger Abhandlungen zur Soziologie unter Einschluß ihrer Grenzgebiete, hg. von H. Plessner, 1957, F. Enke Verlag, Stuttgart): „. . . Die oft vorgebrachten Behauptungen, die Teilnahme an der Erwachsenenbildung werde durch die Konkurrenz von Kino, Fernsehen oder anderen Veranstaltungen beeinträchtigt, bestätigten sich nicht, sie wurden hingegen mehrfach drastisch widerlegt. Das Fernsehen wird weithin in der Bevölkerung (bei aller Beliebtheit) so eingeschätzt, daß es spontan in den direkten Kontrast zur Volkshochschule gestellt wird" (S. 5). Sollte das tatsächlich damals — Zweifel sind berechtigt! — richtig gewesen sein: seither sind 16 Jahre vergangen! Der folgende Fall, von dem Sigmund Kennedy berichtet, darf sicherlich nicht verallgemeinert, wohl aber auch nicht als bloßer Einzelfall bagatellisiert werden: „Im August 1963 meldete die Fachpresse, daß . . . von Gewerkschaftsvertretern gebeten worden sei, an den Freitagabenden keine Kriminalserien mehr im Fernsehen zu senden, da sonst keine Gewerkschaftsveranstaltungen mehr zustande kämen. Die Dozenten der VHS in Kappeln . . . waren . . . wegen der vom Fernsehen gesendeten Kriminalserie ‚Tim Frazer' empört und in Sorge, weil sie nämlich feststellten, daß an den Abenden, an welchen ‚Tim Frazer' auf dem Bildschirm erschien, kaum noch Hörer auf den Bänken der VHS saßen." Es folgen weitere ähnliche Beispiele. Aber Kennedy würdigt auch die „überragende, meist unterschätzte oder gar nicht erkannte Bildungswirkung (des Radios)". „Denn während bis vor 40 Jahren Tafelmusik und Konzerte Vorrecht der Reichen waren, sind durch den Rundfunk Haydn, Mozart, Beethoven, Schubert — von den späteren Künstlern gar nicht zu reden — Allgemeingut des Volkes geworden."

Daß diese großartigen Möglichkeiten jedem offenstehen, ist ja das Wunder dieser Erfindung, aber vom „Allgemeingut des Volkes" zu sprechen, ist angesichts der unbestrittenen Vorherrschaft des Senders Ö 3, der bekanntlich andere Komponisten auf dem Programm hat, wohl übertrieben.

„Und wenn nun gar das Fernsehen vor einigen Jahren in England die Oper ‚Carmen' zeigte, so sahen 8 Millionen Zuschauer zu." (Vgl. dazu Anm. 5 über „Turandot"! D. Verf.) „Um diese Zahl in einem Opernhaus zu erzielen, müßte man die Oper etwa 20 Jahre hindurch täglich spielen, was schon aus Mangel an Sängern nicht möglich wäre." (Sigmund Kennedy, Nah- und Fernwirkung der Massenmedien, in: Arbeit und Wirtschaft, Wien, 1964, Heft 7/8.) Natürlich imponiert diese Zahl, aber sie sagt nichts aus über Verständnis, Eindruck, Würdigung und nachhaltige Wirkung!

„Seit ein paar Jahren wird in den Sendungen vor 20 Uhr — zu einer Zeit also, wo auch Millionen von Kindern in die Mattscheibe glotzen" (gemeint sind die Sendungen von ARD und ZDF in der Bundesrepublik Deutschland) „in steigendem Maße das Miserabelste, Primitivste, Geistloseste auf dem Krimi-, Western- und Killerbereich geboten, was man sich nur denken kann. In Massen und sehr billig werden diese Produkte aus Übersee eingekauft: Die Revolver und Kinnladen krachen unentwegt. Es handelt sich in diesen frühen Abendstunden jeweils um das ‚Rahmenprogramm' zu den Werbeeinblendungen, ein Programm einerseits des ZDF, andererseits der einzelnen regionalen Anstalten des ARD." (Ewald Binder, Medientheorie und Programmpraxis — international gesehen, in: Die Barke, hg. vom Österr. Buchklub der Jugend, Wien, 1970, S. 77.) Und in Österreich?

Die Fernsehkreise. TV-Werbung und TV-Bildung

23 Solche Kurse gab und gibt es u. a. zu den Bildungsreihen des Fernsehens, die für die Behandlung in VHS geeignet waren, weil sie nicht für einen allzu engen Empfängerkreis bestimmt gewesen sind und ihr allgemeiner Bildungswert sich im TV-Kreis voll entfalten konnte („Leben unter der Lupe", „Konflikt und Wandel", „Das unbekannte Ich", „Wissen ohne Wissen" u. a.).

24 Janitschek, Didaktik, a. a. O., S. 9. Kein Katalog der Ziele der Erwachsenenbildung, nur Beispiele!

25 Die Mängel einer Sendung, ob sie nun im Sachlichen oder im Formalen liegen, zu erkennen und zu korrigieren und über das Warum und Wie zu diskutieren, ist eine überaus wertvolle Übung der Kritikfähigkeit und, im besonderen Fall des Literarischen TV-Kreises, zur Verfeinerung des künstlerischen Geschmacks (vgl. Anm. 40).

Die Persönlichkeit des Lehrers als Wertbegriff wird den Erfolg jedenfalls erhöhen, aber die Person des Lehrers an sich ist für die Wirksamkeit von Bildungssendungen, ob im Medienverbund oder in TV-Begleitkursen, einfach unentbehrlich. Seine vielfältigen Funktionen zählt Horst Ruprecht auf: „Definieren, kennzeichnen, beschreiben, feststellen, berichten, ersetzen, beurteilen, Meinung äußern, klassifizieren, vergleichen und gegenüberstellen, Schlußfolgerungen ziehen, erklären, Anweisungen geben und den Unterrichtsverlauf organisieren." (Erziehungswissenschaft und Unterrichtstechnologie, in: H. R. u. a., Medienzentren im Bildungsplan, Westermann-Taschenbuch.)

Der Autor, der sich sehr für die Technologie im Unterricht engagiert (vgl. Anm. 21), erwähnt zwar diese umfangreiche Lehrertätigkeit (die nur unvollständig angeführt ist, weil sie nur die methodisch-didaktische Seite seiner Arbeit, nicht aber die pädagogisch-psychologische berücksichtigt) als Aufgabe, sie bei der Programmierung technischer Geräte für den Unterricht zu simulieren, aber trotz aller Zurückhaltung, was den Erfolg solcher gewünschter Bemühungen anlangt, sind sie hier erwähnt worden, gerade um am Beispiel des, sogar nur zum Teil gekennzeichneten, gewaltigen Aufgabenbereiches die dominierende Rolle des Lehrers in jeder Form der Zusammenarbeit mit den Medien zu demonstrieren.

Walter Schöler teilt dem Lehrer die ihm zukommende Rolle zu: „So vielschichtig und weitläufig die Möglichkeiten, die das Fernsehen bietet, im einzelnen auch sind, es muß sich einordnen in den gesamten Bereich der Unterrichtstechnologie. Das Fernsehen bleibt, so gesehen, stets nur ein mögliches Mittel, über dessen Einsatz der Lehrer im Zusammenhang mit anderen unterrichtlichen Maßnahmen zu entscheiden hat" (S. 49). Nachdem er die Möglichkeiten des Fernsehens für das Lernen, unter denen er auch „hochwertige dokumentarische und künstlerische Darbietungen" anführt, zusammengefaßt hat, fährt er fort: „Immer bleibt jedoch der Einwegkreis in Richtung auf den passiven Zuschauer bestehen. Anschauung ist notwendig. Aber das Angeschaute muß zu einem Denkprozeß im Sinne aktiven und selbsttätigen Durchdringens führen. Ist die Trennung von Darbietungs- und Erarbeitungsphasen von daher zu rechtfertigen? Kehrt über das Fernsehen auf dem Umweg über die Technik der dozierende Lehrer in Form einer Superveranschaulichung wieder in die Schulstube ein? — Das alles sind Fragen, auf die wir eine Antwort finden müssen" (S. 51). (W. Sch., Prinzipien einer Fernsehdidaktik, in: IBB — Bulletin, Bildungsforschung + Entwicklungshilfe, Wien 1970, Heft 5.)

Bei Günther Dohmen und Gerd Kadelbach (a. a. O.) heißt es, im Zusammenhang mit einem Zitat aus Ernst Glaser, Kann Wissenschaft verständlich sein?: „Die rein mediale Unterweisung wird erst dann menschlich bedeutsam, ändert nur etwas, wenn sie repersonalisiert wird ... Das heißt, der Lehrer ist unentbehrlich."

[26] Darüber ausführlich Janitschek, Didaktik, a. a. O.

[27] Hier als der übliche übergeordnete Begriff aufzufassen, der keinesfalls nur oder vorwiegend die historische Seite der Literaturwissenschaft, sondern alle anderen geeigneten Zugänge zur Literatur einschließt.

[28] „Die Aufgabe der literarischen Kunsterziehung geht über die Entwicklung des ästhetischen Geschmacks und der künstlerischen Genußfähigkeit hinaus. Die „Freude am Schönen" gibt dem Menschen viel im Leben, doch erfaßt sie lange nicht alle Wirkungen des Kunstwerks. Weckung unserer Anlagen, Formung des Gemütslebens, Steigerung des Lebensgefühls, der menschlichen Erlebnisfähigkeit, tiefere Erfassung der Lebenszusammenhänge, Bau an der menschlichen Persönlichkeit sind einige der abstrakten Begriffe, die das Ziel der Erziehung durch das literarische Kunstwerk andeuten. Selbstverständlich kann nicht unmittelbar zu diesen Zielen erzogen werden, sondern nur zur Entwicklung der Eigenschaften, die uns befähigen, ein gutes Buch aufzunehmen" (in Fortsetzung dieses Gedankenganges: auch eine Bühnenaufführung, einen Spielfilm oder eine literarische Fernsehsendung. D. Verf.) — (Bamberger, a. a. O., S. 332).

„Wenn er (der Film) heute scheinbar vom Fernsehen abgelöst wird, so muß doch beachtet werden, daß das Fernsehen zum Teil nur den verlängerten Arm des

Films darstellt (bei der Übertragung von Filmen. D. Verf.) ... Die Bild-Ton-Wort-Dichtung des Films mit seiner Totalsprache kann höchstens geistigen Ansprüchen genauso genügen wie die Wortdichtung" (Bucher, a. a. O., S. 117). Mit der vom Autor selbst gemachten Einschränkung („kann") ist die Behauptung im letzten Satz akzeptabel.

„Das Verständnis für den Inhalt eines Spielfilms hingegen ist mehr auf Miterleben und Nacherleben angewiesen. Auf diesem Weg kann der Rezipient Zugang zu psychologischen, sozialen und menschlichen Problemen erhalten" (Bucher, a. a. O., S. 117).

„Der Spielfilm ist ein willkommenes Hilfsmittel für die Gemüts-, Willens-, Charakter- und Gewissensbildung" (Bucher, a. a. O., S. 123). Das ist vom Autor zwar auf Jugendliche bezogen, aber (vgl. Anm. 30) ohne weiteres auch auf Erwachsene anwendbar.

[29] Nach J. Feusi, Filmreife — was heißt das? In: Der Filmberater 23 (1963), S. 187, zitiert von Bucher, a. a. O., S. 123.

Nach einer Dokumentationssendung im Fernsehen (14. 6. 1973, Vom Elend der Filmerziehung, in: Kontakte) liegt diese, wie schon aus dem Titel hervorgeht, sehr im argen, vor allem weil sie faktisch — von wenigen rühmlichen Ausnahmen abgesehen — in den Schulen überhaupt nicht oder nur unzulänglich betrieben wird, obwohl ein Erlaß des Unterrichtsministeriums aus dem Jahre 1964 diese wichtige Aufgabe als verbindlich erklärt und wertvolle Hinweise gibt. Es mangelt besonders, wie aus der Sendung hervorgegangen ist, an der entsprechenden Ausbildung der Lehrer, die überdies zumeist die Notwendigkeit dieser Lehrtätigkeit nicht einsehen und auch nicht geneigt sind, auf eine unbezahlte Mehrarbeit die erforderliche beträchtliche Mühe anzuwenden. In den Pädagogischen Akademien scheint „Filmerziehung" wohl im Lehrplan auf, aber dort gehe man an der Realität des Filmkonsums der Jugendlichen vorbei und demonstriere Methodik und Didaktik an ungeeigneten Modellen.

Wenn in der Sendung auch nicht ausdrücklich davon gesprochen wurde, so entstand doch der Eindruck, daß nicht nur die Filmerziehung allgemein als solche, sondern gerade die Geschmacksbildung, auf die es in der Hauptsache ankommt, gröblich vernachlässigt wird.

Von der Notwendigkeit einer Fernseherziehung war in dieser Dokumentation überhaupt nicht die Rede ...

[30] Die Wörter „Erzieher" oder „Erziehung", im Zusammenhang mit Erwachsenenbildung gebraucht, erwecken im ersten Augenblick die Vorstellung von Kindheit und Unreife. Die Bezeichnungen sind ohne Zweifel nicht glücklich gewählt, aber in der Medienkunde bereits zu festen Begriffen geworden. Dem Erwachsenen gegenüber wird man es wegen der naheliegenden Ausdeutung vermeiden, sie zu gebrauchen, denn er „empfindet es als Zumutung, sich erziehen zu lassen, aber er ist, zumindest theoretisch, ohne weiteres bereit, sein Wissen zu vergrößern, zu lernen, was ihm wichtig und notwendig erscheint, und auch seine Bildung zu verbessern, auch wenn seine Vorstellung von dieser meist nur ungenau und individuell sehr verschieden ist" (Bucher, a. a. O., im Kapitel „Fernsehen").

Für den Erwachsenenbildner ist seine Tätigkeit je nach dem Fach, in dem er sie ausübt, mehr oder weniger immer auch „Erziehungsarbeit" und erschöpft sich nicht in der Vermittlung von Kenntnissen und Fertigkeiten. Er „erzieht" mit

Hilfe seines Faches und anhand des Lehrstoffes z. B. zu logischem, vorurteilsfreiem Denken, vernünftigem Urteil, zur geistig-seelischen Anteilnahme an seiner Umwelt, zur Verfeinerung des künstlerischen Geschmacks usw.

So gesehen, ist Erziehung weder Herabsetzung der Persönlichkeit des Hörers noch Anmaßung des Dozenten.

Heikler ist das Problem allerdings von einer anderen Sicht. Sind nicht unzählige, nur den Jahren nach Erwachsene in ihrer Urteilsfähigkeit, ihren Geschmacksrichtungen, ihren Phantasievorstellungen und ihrer Beeinflußbarkeit auf der Stufe pubertierender Jugendlicher stehengeblieben? Wie wären sonst die unvorstellbaren Riesenauflagen von Schundheften aller Arten, vom brutalen Reißer bis zum sentimental-verkitschten „Frauenroman“, und eben nicht zuletzt die Vorliebe für bestimmte, schon erwähnte Filme und Fernsehprodukte zu erklären?

Würden die Werbungsmacher, gestützt auf psychologische Erkenntnisse und zahlreiche immer neu durchgeführte empirische Untersuchungen, nicht jahrein, jahraus mit den gleichen, jeweils nur wenig modifizierten Mätzchen arbeiten, deren Primitivität und Durchschaubarkeit den vollsinnigen Erwachsenen beleidigen müßten, weil er für so dumm gehalten wird, sich von diesen beeinflussen zu lassen, wenn sie nicht der Wirkung gerade dieser Techniken auf die Mentalität von Pubertierenden und solcher, die es ihr Leben lang bleiben, sicher wären? Was von den Produkten, die sie jeweils verhökern, macht da nicht je nach Bedarf „männlich“ hart und eiskalt oder „jung“ und „frisch“, verhilft zum „Dabeisein“ oder besser „in“ sein, imponiert mit der Exotik von „Lemonen“ oder auch „citron“, schafft immer neues Lebensglück mit „Deodorants“, und als schäbigste Bauernfängerei, sportliche Gestähltheit durch Alkohol, und besonders mit „scharfen Sachen“, die Zugehörigkeit zur gehobenen Gesellschaftsschicht und so ins Uferlose weiter! (Vgl. Anm. 72.)

Die hier geübte Kritik an der Werbung richtet sich gegen die Methoden, mit denen sie zumeist betrieben wird, gegen die dümmliche Art, die den Adressaten anwidern und bei ihm eher die gegenteilige Wirkung zu der gewünschten hervorrufen müßte — offensichtlich ist aber gerade das, von wenigen Ausnahmen abgesehen, nicht der Fall —, läßt aber das Problem der „Konsumerziehung“ als einen Teil der Medienerziehung, obwohl sie in den Aufgabenbereich der Erwachsenenbildung fällt, außer acht, weil sie zu weit vom Thema dieser Arbeit abliegt. Das Wachhalten und Stimulieren bereits vorhandener Bedürfnisse, die Weckung immer neuer Wünsche und ihre Erfüllung in den verschiedenen Arten des „Konsums“, ist eine der Säulen, auf denen die westliche Wirtschaft und mit ihr die Wohlstandszivilisation ruht. Und diese kann — nach der Auffassung aller Wirtschaftsexperten — die Werbung in der Vielfalt, in der sie auftritt, nicht entbehren. Die richtige Mitte zu halten, weder ein Sklave des Konsums noch durch Konsumaskese zum „Volksfeind“ zu werden, der den Götzen „Wohlstand“ und vor allem sein stetiges Wachsen durch sein Verhalten in Gefahr bringt, ist ein Problem für sich und ein sehr wichtiges Thema, mit dem sich die Theoretiker und Praktiker der Erwachsenenbildung befassen müßten. Das ist offenbar bis jetzt nicht geschehen. In der hier hauptsächlich bekannten Fachliteratur dürfte sich nichts derartiges finden (vgl. Anm. 12).

In diesem Zusammenhang jedenfalls als wesentlich dürften die folgenden Sätze mit Berechtigung angeführt werden:

„Wenn wir die Freizeit quantitativ ausdehnen, dann muß korrespondierend damit gesehen werden, daß man dem Menschen und insbesondere dem Erwachsenen hilft, diese seine Freizeit sinnvoll zu gestalten. Das scheint mir eine der wichtigsten Aufgaben der zukünftigen Pädagogik zu werden. Schon heute steht die Gestaltung der Freizeit weitgehend unter Konsumzwang und unter Konsumnötigung ... Soll aber Freizeit für das menschliche Leben jene Phase sein, in der der Mensch in besonderer Weise die Möglichkeiten haben soll, seine Individualität zu verwirklichen, dann muß ihm kontinuierlich in seinem Bildungsprozeß die Notwendigkeit und auch die Möglichkeit, die Konsumnötigung zu durchschauen, geboten werden. Ziel der Erwachsenenbildung in dieser Hinsicht ist es, die verschiedenen Zwänge zu durchschauen; der Mensch muß eben lernen, in sich die Bereitschaft zum Widerstand gegen diese zu verstärken, ohne nun in einen ideologisch befangenen Konsumverzicht zu geraten." (Marian Heitger, Ziele der Erwachsenenbildung, in: Erwachsenenbildung in Österreich, Sonderheft Enquete 1969, S. 6.)
Das Folgende könnte die Auffassung stützen, daß sich das Werbefernsehen noch mehr als meist die sonstige Werbung entweder an den tatsächlich noch vorhandenen infantilen oder pubertären geistig-seelischen Entwicklungszustand des den Jahren nach Erwachsenen oder an seine, ihm unbewußte, Regression (nach Sigmund Freud) in diese Entwicklungsperiode anpaßt. Wie könnten sonst gerade Kinder so von der TV-Werbung fasziniert werden!

„Nicht die Gute-Nacht-Sendung, das Werbefernsehen ersetzt das Märchenbuch. Dies ergab eine Untersuchung des deutschen Psychologen Rudolf Elbling. Nur zwischen 3 und 18 Prozent aller kleineren Kinder in der Bundesrepublik Deutschland schauen sich das Kinderabendprogramm an. 65 Prozent jedoch sind vom Fernsehapparat nicht wegzubringen, wenn die Werbesendungen ausgestrahlt werden.

Die Werbesendungen sind an die Stelle der Märchenbücher und Kinderreime getreten, die Kennmelodie, die die Werbesendung einleitet, trat an die Stelle der Kinderlieder", stellt Elbing fest (AZ, Wien, 8. 6. 1972).

Demgegenüber ist die Hoffnung, die im folgenden auf das Fernsehen gesetzt wird, es trage dazu bei, das Bildungsprivileg aufzuheben, doch nur wenig tröstlich:
„Die Arbeiter- und Bauernkinder (besitzen) weder die Sprech- noch die Denkfähigkeit, auf die der ganze Mittel- und Hochschulunterricht aufgebaut ist; sie haben auch nicht den Ehrgeiz, ihre Mängel zu überwinden. Eine Hoffnung für die Zukunft bietet allerdings das Fernsehen. Es konfrontiert alle Familien mit der Schriftsprache, mit logischen Zusammenhängen und mit neuen Situationen." (Das Bildungsprivileg ist noch nicht aufgehoben, in: Arbeit und Wirtschaft, Wien, 4/72, S. 39.)

Auch die bei einer Tagung der Österreichischen UNESCO-Kommission laut Zeitungsberichten getroffene Feststellung, daß rund 50 Prozent der Schulkinder nicht „buchreif" (sind), das heißt, sie können die ihrer Altersstufe gemäßen Bücher nicht mit Leichtigkeit und Freude lesen; daß „zu Weihnachten an Schulkinder verschenkte Bücher ... von 70 Prozent zu Pfingsten noch nicht gelesen (waren)", läßt die Frage offen, ob dieser bedauerliche Zustand trotz der Hilfe, die das Fernsehen den Kindern und Jugendlichen gewährt, oder gerade wegen des (übermäßigen und, mangels Unterstützung durch hiezu fähige Erwachsene, unkommentierten und unverarbeiteten) Empfangs von Sendungen eingetreten ist.

Eine eindeutige Stellungnahme zu diesen Fragen bezog eine Gruppe von Experten der Erwachsenenbildung in dem Bericht über ihre Beratungen im Anschluß an das Referat von Herbert Grau „Medienverbund — Zukunftshoffnung und Bedenken der Erwachsenenbildung": „Die Hoffnung, mit Hilfe der Medien das Bildungsgefälle abzubauen, hat sich bis jetzt nicht erfüllt. Untersuchungen haben ergeben, daß vorhandene Einstellungen etwa durch das Fernsehen noch verstärkt werden. Bildungsbeflissene werden zu erhöhten Bildungsbemühungen angeregt, Bildungsungewohnte eher abgeschreckt. Weder Sendungen, die den speziellen Interessen bestimmter Bevölkerungsgruppen (z. B. Landwirtschaft) entgegenkommen, noch solche, die das sprachliche Niveau wesentlich senken, ändern Nennenswertes an diesem Faktum . . . Die optimistische Hoffnung, mit Hilfe der Massenmedien alle Bildungsprobleme in absehbarer Zeit lösen zu können, scheint jedenfalls fehl am Platze. Die Fülle der Probleme kann nur als Ansporn dienen, sich mit dem Versuch ihrer Lösung intensiv zu befassen" (Seminar im Haus Rief, 11. bis 17. Juli 1971.)

In seiner gründlichen Untersuchung hat Bucher sich auch mit dem Wesen der Werbung befaßt. Er erläuterte u. a. den Bandwagon-Effekt (d. i. die „Mitläufer"-Wirkung; schon lange vor dem Einsetzen der Medienforschung hat Hans Thirring — Homo Sapiens, Psychologie der menschlichen Beziehungen, Verlag Ullstein, Wien 1948, zwei Bände — diese Erscheinung beschrieben und dafür den Terminus „Trittfassen" geprägt), den Snob- und den Veblen-Effekt (Snob = anders als die anderen sein wollen; Veblen = aus Prestigesucht das Teurere, das Überflüssige kaufen). Vgl. Anm. 72.

Zur Praxis des Literarischen Fernsehkreises und zur Literaturpädagogik

31 Wenn man nach dem Beispiel der seit langem geübten Filmerziehung einen Film ungekürzt abspielt und dann über das Geschehene diskutiert, hat das den Vorteil der „Ganzheitsdarbietung", und diese Methode bewährt sich wahrscheinlich bei einer Hörergruppe mit ausgeprägten Filminteressen. Sonst lehrt die Erfahrung, daß ein wesentlicher Teil des Publikums nach der Vorführung weggeht und gerade an dem bildungsträchtigen Teil der Veranstaltung, der Diskussion, kein Interesse zeigt oder aus persönlichen Gründen nicht soviel Zeit — es ist schließlich ein ganzer Abend — erübrigen kann.

Nicht nur aus diesen Gründen ist die in der Regel vorgeschlagene Dauer vorzuziehen, sie läßt auch die didaktisch fruchtbaren Möglichkeiten des Kürzens, Unterbrechens und Wiederholens (von denen an anderer Stelle gehandelt wird) offen (vgl. dazu auch Anm. 19).

32 Ausführlich darüber Janitschek, Didaktik, a. a. O. Video-Bänder sind Tonbändern vergleichbar mit dem Unterschied, daß sie nicht nur den Ton, sondern auch das in der Fernsehsendung ausgestrahlte Bild speichern. Sie können wie jene beliebig oft abgespielt bzw. gelöscht werden. Derzeit, in einer für Volkshochschulzwecke erschwinglichen Preislage und in durchaus befriedigender Qualität, sind sie in den Längen für 30 oder 45 Minuten Spielzeit erhältlich. Die 30-Minuten-Bänder sind besonders für die Begleitkurse zu den Bildungssendungen

des Fernsehens geeignet, die immer gerade 30 Minuten dauern. Sie können natürlich ebensogut im Literarischen TV-Kreis verwendet und z. B. je nach der Länge der aufgenommenen Sendung auch mit einem 45-Minuten-Band kombiniert werden. Die Handhabung, sowohl die Aufnahme wie die Wiedergabe, bietet auch dem technisch Ungeschickten keinerlei Schwierigkeiten und ist in etwa zwei Erklärungen samt praktischer Unterweisung von je zirka 10 Minuten Dauer erlernbar.

[33] Darunter versteht man den Titel, die Angaben über die mitwirkenden Darsteller und die an der Produktion sonst Beteiligten. Es genügt, den Titel an die Tafel zu schreiben und sonstige, nötig scheinende Mitteilungen mündlich zu machen. Je nachdem lassen sich hier schon 2 bis 3 Minuten einsparen.

[34] Als Faustregel mit nur ungefährer Gültigkeit kann man sich merken, daß im Durchschnitt die Zahl 100 auf dem Zählapparat etwa einer Spiellänge von 10 Minuten, 200 von 20 Minuten, 300 von 30 Minuten entspricht. Das ist deswegen ungenau, weil am Anfang der Zählapparat rascher, gegen Ende langsamer läuft.

[35] Wenn die Literarischen TV-Kurse einmal eingebürgert sind — und dafür zu werben ist das besondere Anliegen dieser Arbeit — könnte in der Zusammenarbeit mehrerer Volkshochschulen diese Arbeit aufgeteilt werden, so daß jeweils abwechselnd eine Volkshochschule eine Sendung aufnimmt und das TV-Band mit anderen Volkshochschulen austauscht.

[36] „Nicht alle (die einen Begleitkurs zu einer Bildungsserie des Fernsehens oder, wie in diesem Falle, einen Literarischen TV-Kreis besuchen) wollen ein gesichertes, bestimmtes Wissensquantum erwerben oder ... praktisches Können. Nicht wenige streben geistige Anregung an, wollen ihren Horizont erweitern, suchen im Kurs eine Gelegenheit zur Aussprache und die Gemeinschaft in einem Kreis, der so wie sie über die Routine und Trivialität des Alltags hinaus will. Andere wollen, gleichsam aus einer Art von schlechtem Gewissen, etwas für ihre Bildung tun oder glauben, es aus Prestigegründen tun zu müssen" (vgl. Anm. 68).

„Die verschiedenartige Vorbildung bringt Schwierigkeiten mit sich, auch in dem Sinn, daß dem einen das als zu schwierig, was dem anderen als zu leicht erscheint. Schließlich ist die Arbeit des Kursleiters auch dadurch erschwert, daß bei großen Altersunterschieden in der Hörerschaft die Motive zum Besuch der Kurse noch stärker differenzieren und die Schaffung einer gemeinsamen Gesprächsbasis beeinträchtigen." (Janitschek, Didaktik, a. a. O., S. 10.)

[37] Bekanntlich gehören die Besucher allgemeinbildender Kurse den älteren Jahrgängen an. Kutalek — Fellinger (a. a. O.) haben in ihrer Untersuchung ermittelt, daß zwei Drittel der Besucher über 50 Jahre alt sind und die 61- bis 65-jährigen den höchsten Prozentsatz ausmachen. Sie beklagen mit Recht, daß allgemeinbildende Kurse, die „Orientierungshilfe, Beistand zum Mündigwerden, zur Bewältigung der immer komplizierter werdenden Welt bieten, kaum von denen, für die sie vor allem bestimmt sind, den Jüngeren, besucht werden".

Die älteren Jahrgänge sind, wie die bisherigen, leider ja noch geringen Erfahrungen zeigen, auch in den Literarischen TV-Kursen weitaus in der Überzahl (vgl. Anm. 67).

Auf ihre Interessen wie auf ihre Lebenserfahrung wird man bei der Programmauswahl und auch bei der Gesprächsführung also gebührend Rücksicht nehmen. Die Bildungsarbeit wird hier auch anstreben, die Welt von heute in ihrem

So-sein, der die ältere Generation oft mit Mißtrauen und Ablehnung gegenübersteht, verständlich zu machen, und die Ansätze zur Aktualisierung, soweit sie sich ohne Gewaltsamkeit ergeben, nicht übersehen.

Wolfgang Speiser erkennt die Verpflichtung der Erwachsenenbildung an, sich diesen Gegebenheiten anzupassen und sich um diese älteren Menschen anzunehmen:

„Der größere Teil der noch nicht Dreißigjährigen wird zuerst seine eigenen Probleme lösen wollen: im Beruf, in der Familie, im Umgang mit Vorgesetzten und Berufskollegen in der Werkstatt und im Büro. Alle konkreten Bemühungen, dabei zu helfen, werden auf großes Verständnis stoßen. Wenn der Mensch einen festen Standpunkt im Beruf und in der Familie gefunden hat, wird er sich heute und in der Zukunft jene Frage stellen, die sich die junge Generation der Vorkriegsgeneration und die Arbeiter der Jahrhundertwende gestellt haben: nach dem Sinn des Lebens. Dem besseren Verständnis der sich rasch wandelnden Naturwissenschaften und der Technik, nach dem Funktionieren der Wirtschaft und den Problemen der Politik. Diesen Lebensabschnitt — er reicht ungefähr vom 30. bis zum 50. oder 60. Jahr — möchte ich das ‚philosophische Zeitalter' nennen, man könnte es aber ebenso als ‚politisches Zeitalter' bezeichnen. Bei diesen Menschen besteht heute und wohl auch in der Zukunft die beste Aussicht, sie für jene Anliegen zu interessieren, um die sich die Volksbildung in der Vergangenheit gekümmert hat und in der Gegenwart noch kümmert *." (Wolfgang Speiser, Wiener Volksbildung — gestern, heute, morgen, in: Erwachsenenbildung, a. a. O., S. 296 f., vgl. Anm. 67.)

Zu diesen Anliegen gehört seit jeher, eben im Rahmen der Hilfeleistung zur Allgemeinbildung, auch die musische Bildung und damit untrennbar verbunden auch die Entwicklung des Geschmacks in künstlerischen und, im besonderen, in literarischen Dingen (vgl. S. 15).

* Eine Hoffnung, die Pädagogen in ihrem sprichwörtlichen Optimismus nur allzu gern teilen wollten! Ist es aber tatsächlich nicht eher so, daß es nicht so sehr die Probleme im allgemeinen sind, die es vermögen, die noch nicht Dreißigjährigen — und wohl auch noch ältere, soweit sie im Beruf stehen — aus dem Heim und von dem Bildschirm weg in die Volkshochschule zu locken, sondern die Erwartung, durch den Besuch von Kursen berufsfördernde Vorteile zu erlangen, also den Aufstieg in angesehenere und vor allem besser bezahlte Stellungen? Das ist durchaus verständlich und deckt sich auch mit einem der wichtigen Aufgabenbereiche der Erwachsenenbildung. Aber der Besuch von Sprachkursen, kaufmännischen Fortbildungsveranstaltungen, von Stenographie- und Maschinschreibkursen u. ä. „löst (die) eigenen Probleme", wenn überhaupt, nur recht unvollkommen. Die Bemühungen der Volkshochschulen, durch einschlägige Kurse eine solche Lebenshilfe zu bieten, stoßen leider, wie sich aus den Besucherzahlen ergibt, nicht auf das erwünschte große Verständnis. Das schwere Problem, mit der Erwachsenenbildung einen wesentlich größeren Prozentsatz der Bevölkerung zu erfassen, ist nach wie vor ungelöst (vgl. Anm. 72).

[38] Darüber ausführlicher Janitschek, Didaktik, a. a. O., S. 10.

[39] Volkshochschulen, die Begleitkurse zu den Bildungssendungen des Fernsehens oder Literarische TV-Kreise führen, erhalten vom Pressedienst des Österreichischen Rundfunks-Fernsehen eine Übersicht über ein ganzes Monatsprogramm

bereits einen Monat vorher, das nur knappe Angaben enthält, und jeweils etwa 14 Tage vorher das genaue Wochenprogramm, aus dem man sich ein Bild über Art, Inhalt und Niveau der Filme und TV-Spiele und bereits auch Gedanken über die Stellen und das Ausmaß der notwendigen Kürzungen machen kann. Daraus sind auch, meist gekürzt, die Angaben entnommen, die Tages- und Wochenzeitungen in ihren Vorschauen bringen und die zur Not auch als Hinweise für die Auswahl brauchbar sind.

[40] Das schließt aber nicht aus, daß ein oder das andere Mal gerade ein in der Vergangenheit angesiedelter oder in der Gegenwart spielender „Krimi" — schon die zärtliche Bezeichnung zeugt von seiner Beliebtheit —, ob er nun Qualität hat oder nicht, gezeigt und auf seinen Wert geprüft wird. Erfahrene Pädagogen haben derartiges mit unterwertiger Literatur erfolgreich durchgeführt, sie als meist sinnlose Dutzendware entlarvt und so ihre Schüler ernüchtert und kritischer gemacht (vgl. Anm. 14).

Über einen solchen Versuch in einer vierten Mittelschulklasse, in der alle Schüler Schundhefte zum Tausch in die Schule mitzubringen pflegten, berichtet Wolfgang Strobach in dem Aufsatz „Eine Stunde dem Schundroman" (Ein Versuch zu seiner Bekämpfung, in: Erziehung und Unterricht, S. 216 bis 220) u. a.:

„Ich glaube, der Schundroman muß vor das Forum der Klasse. Hier soll er ernsthaft besprochen werden, die massenpsychologischen Ursachen seiner Verbreitung sollen aufgedeckt und Inhalt und Stil schließlich einem befreienden Lachen preisgegeben werden." (S. 216.) Er beschreibt eine Analyse auch eines Liebesromans dieser Kategorie in einer sechsten Klasse. Ein Beispiel daraus: „Warum sind die Helden des Schundromans fast immer Schauspieler, Adelige, Künstler, Rennfahrer usw.?" Antwort aus der Klasse: „Weil es die Leser wünschen." — „Wir erörtern den krankhaften Drang des modernen Großstadtmenschen nach a) Illusion, b) Sensation." Daher werden der Beruf und das Milieu der Rennfahrer, Ärzte, Chirurgen, Sportler, Reporter — und Verbrecher bevorzugt. Es werden die Gefahren besprochen, die den jungen Menschen bedrohen, der den Illusionen von Schundromanen verfallen ist: Enttäuschung im Leben, da der solide Mensch, durch die Brille des Schundromans betrachtet, simpel und fad erscheint.

Der Pädagoge zieht wohlweislich nicht die voreilige Schlußfolgerung, daß etwa der leidenschaftliche Leser von Schundromanen mit heroisierten Verbrechern (auch wenn diese schließlich gefaßt werden, werden sie von unreifen Lesern bewundert) selbst kriminell werden müßte — dazu müssen bekanntlich noch andere Ursachen hinzukommen —, sondern sieht die Gefahr darin, daß sie sich selbst und die Umwelt in einem falschen Licht sehen und jedenfalls mit ihrem Schicksal hadern, und unzweifelhaft auch in der Geschmacksverflachung, der der Dauerleser verfällt, wenn er über diese Schundbüchlphase, die ja fast jeder Jugendliche einmal durchmacht, nicht beizeiten, und damit ohne Schaden, hinwegkommt.

Wie bereits ausführlich dargelegt worden ist, bleiben aber bestürzend viele Jugendliche auch als Erwachsene nicht nur „jung", wie es die Werbebranche vorschreibt, sondern auch, um in deren Sprache zu reden, „geschmacksjung", und das ist beschämend und zugleich eine Herausforderung an die Erwachsenenbildung. Diese kann sie z. B. mit den Literarischen TV-Kreisen annehmen, denn der Schundroman jeglicher Ausprägung feiert ja fast täglich fröhliche Urständ im

Fernsehen in dramatisierter Form und bedarf des Gegengewichts der Gewöhnung an kritische Haltung und der Geschmacksverfeinerung.

Hannelore Blaschek zitiert in ihrem Beitrag „Vorüberlegungen zu einer Didaktik der Erwachsenenbildung“ (Erwachsenenbildung in Österreich, 1971, Heft 8, Anm. 17 auf S. 335) Franz Pöggeler (Inhalte der Erwachsenenbildung, Freiburg i. Br., 1965, S. 50): „F. Pöggeler hat u. a. darauf verwiesen, daß der Erwachsene der Arbeit (in ihren vielfältigen Formen einschließlich der geistigen Arbeit) bedarf, um wirklich erwachsen zu sein — aus diesem Grundgedanken allein ‚ließe sich das ganze Problem der Inhalte der Erwachsenenbildung aufrollen‘.“

Ignaz Zangerle sieht in dem „Erwachsenen“ einen Menschen, „der bereits eine gewisse Einheit seiner Persönlichkeit erreicht hat; der sich nicht mehr von Stimmungen leiten läßt, sondern sein Leben auf Überzeugungen gegründet hat; der weiß, daß er selbst für sein ganzes Leben verantwortlich ist; der in der Form der Solidarität seine Zugehörigkeit zur menschlichen Gesellschaft in allen ihren konkreten Erscheinungsformen bejaht; der schließlich des selbständigen, kritischen Denkens und damit des Wertens und Auswählens fähig ist“. (Von der gebildeten zur verantworteten Gesellschaft, in: Pfniß, Erwachsenenbildung, a. a. O., S. 320.)

In beiden Beschreibungen des „seiner Wertgestalt nach ‚Erwachsenen‘ “ (nach Zangerle, a. a. O.) — definieren läßt sich offenbar der „Erwachsene“ ebensowenig wie der Begriff der „Bildung“ — wird als eines der Wesensmerkmale das Geistige gesehen. Der Hinweis auf das „Werten und Auswählen“ ist im Hinblick auf die Bildungsziele des Literarischen TV-Kreises besonders gewichtig (vgl. auch Anm. 30).

Der Kursleiter sollte also gelegentlich nach dem Beispiel Strobachs einen der billigen Kriminalreißer zeigen, darnach etwa die Szene aus Henkels „Eisenwichser“ (Anm. 13) lesen und schließlich mit den durch diese karikierende Darstellung bereits hellhöriger gewordenen Kursbesuchern über das Gesehene und Gehörte sprechen.

[41] Außerdem weiß meist nur der Kursleiter auf Grund seiner fachlichen Bildung und vor allem infolge seiner Informiertheit durch die vom Österreichischen Fernsehen herausgegebenen Programme (siehe Anm. 39), wieweit sich die einzelnen Produktionen für seinen Hörerkreis eignen, und auch, ob sie aus organisatorischen Gründen überhaupt auf dem Video-Band aufgezeichnet werden können.

[42] Theodor Bucher (a. a. O., im Kapitel „Fernsehen“, S. 131) sieht in diesem eines der drei Merkmale des Fernsehens. Die beiden anderen sind der Pluralismus der Blickrichtung (gemeint sind die Mehrkameraaufnahmen, diese sind aber auch dem Kinofilm nicht fremd. D. Verf.) und die relative Augen- und Ohrenzeugenschaft des Rezipienten.

Hans Knudsen sieht einen Vorteil des Fernsehspiels gegenüber dem Theater auch in der „Vielfalt seiner Einstellungen, ihrem raschen Wechsel und in der Exaktheit und Nähe der Bilder“ (Hans Knudsen, Fernsehen und Theater, in: Rundfunk und Fernsehen, 4. Jg., 1956, Heft 3, S. 239. Zitiert in Braak, a. a. O., S. 161).

Ein bemerkenswertes Beispiel für den Wohnstubeneffekt ist die in jeder

Beziehung mediengerechte Bearbeitung der „Maria Magdalene“ und die großartige Regie, die nicht nur, wie ja selbstverständlich, auf Großaufnahmen besonderes Gewicht gelegt, sondern auch das Tempo, wo immer es angängig war, verlangsamt und so auch das Wort, das immer halblaut gesprochen, also ins „Ohr geflüstert“ wurde, überaus eindringlich zur Geltung gebracht hat. Die Sendung wurde schon vor Jahren gezeigt.

[43] In unserer Zeit sind so gewichtige Begriffe wie Gemütsbewegung, seelisches Erlebnis oder gar Ergriffenheit, ob sich solche Affekte des Einzelmenschen bemächtigen oder sich im Kollektiv, in der Gemeinschaft ereignen, aus vielfältigen Gründen, nicht zuletzt wegen der Gefahr, daß überschäumende Gefühle der Kontrolle des Verstandes entgleiten, und der bitteren Erfahrung, die ganze Völker aus der üblen Spekulation auf das Irrationale in diesem Jahrhundert machen mußten, vielen suspekt geworden.

Völlig veraltet scheinen also Schillers verherrlichende Schlußsätze aus seiner Rede über „Die Schaubühne als eine moralische Anstalt betrachtet“ (1784) zu sein:

„Die Schaubühne ist die Stiftung, wo sich Vergnügen mit Unterricht, Ruhe mit Anstrengung, Kurzweil mit Bildung gattet ... Wenn Gram an dem Herzen nagt, wenn trübe Laune unsere einsamen Stunden vergiftet, wenn uns Welt und Geschäft anekeln, wenn tausend Lasten unsere Seele drücken ..., so empfängt uns die Bühne: in dieser künstlichen Welt träumen wir die wirkliche hinweg, wir werden uns selbst wiedergegeben, unsere Empfindung erwacht ... Jeder einzelne genießt die Entzückungen aller, die verstärkt und verschönert aus hundert Augen auf ihn zurückfallen, und seine Brust gibt jetzt nur einer Empfindung Raum — es ist diese: ein Mensch zu sein.“

Eine überraschende Übereinstimmung, was das Wesentliche anbelangt, findet sich aber zwischen dieser, entsprechend dem Zeitstil, leidenschaftlich und pathetisch vorgetragenen Hymne auf die Bühne und das Gemeinschaftserlebnis im Theater und der mit innerer Überzeugung, aber ruhig vorgebrachten Auffassung von der Bedeutung der Dichtung für den Menschen unserer Zeit (Ernst Schönwiese, Hat Literatur noch eine Chance? Ein Auszug aus diesem Vortrag in AZ v. 19. 7. 1972). „Das Entscheidende, das bei der Ich-Du-Haltung vor sich geht, ist, der Betrachtende oder Erkennende hört vorübergehend auf, sich selbst als Ich zu erleben und wird für diese Zeit zu dem Du, das mit allen seinen Wünschen, Sehnsüchten, Schmerzen, Leiden, Enttäuschungen und so weiter erlebnishaft erfahren wird. Dieses Einswerden mit dem Du aber ist zugleich die eigentlich menschliche, die humane Haltung. Mit ihr wird die ausschlaggebende sittliche, ethische Haltung vollzogen und zur Wirklichkeit. Dichtung, Literatur übt den Menschen darin ein: wirklich und erst wahrhaft ein Mensch zu sein. Sie ist die Wachhalterin des Humanen.“

Auch der Atomphysiker Hans Thirring weiß von der Macht des Gefühls: „Der Seelenzustand (die Verklärung) ... überkommt als frommer Schauer oder andächtige Ergriffenheit den wirklich gläubigen Christen in den Höhepunkten einer Messe beim Brausen des Chorals und der Orgel, kann aber in gleicher Stärke auch tiefer veranlagte Menschen bei den Tönen einer Wagner-Oper überkommen“ (Hans Thirring, Homo Sapiens. Psychologie der menschlichen Beziehungen, Wien, 1. Band, S. 227).

Thirring erörtert im folgenden die Möglichkeiten des Mißbrauchs solcher höchster Gefühle, deren die Menschen fähig sind, und führt dafür Beispiele aus der Geschichte der jüngsten Vergangenheit und aus der Gegenwart an.

Der bekannte Erwachsenenbildner Hugo Ellenberger schließt seinen Aufsatz „Literaturkurse — aber wie?" (Die Österr. Volkshochschule, 1957, Nr. 27) mit den Worten: „... immer bleibt dies das höchste Ziel: aus den Hörern müssen Leser werden und Freunde der Dichtung, die erkennen, daß Dichtung Lebensfreude, Lebenserweiterung und Lebenshilfe ist."

Es würde sicherlich den Beifall des Autors finden, wollte man sinngemäß einfügen: ... müssen Leser, verständnisvolle und erlebnisfähige Theaterbesucher und ebensolche Betrachter dramatischer Produktionen auf dem Bildschirm sein.

Seit Bertolt Brecht scheint das Erlebnis in der Dichtung und insbesondere im Theater keine Heimstatt mehr zu haben.

In den „Anmerkungen zur Oper" „Aufstieg und Fall der Stadt Mahagonny" (Stück III, S. 166/67) stellt er am Schluß dem „Gefühl" des dramatischen Theaters die „Ratio" des epischen gegenüber, und im „Kleinen Organon für das Theater" (1948) verlangt er Distanz des Publikums gegenüber dem Bühnengeschehen.

Joseph Strelka aber stellt fest: „Wie es auch immer trotz aller Bemühungen und Theorien Brechts selbstverständlich zu allfälligen Identifikationsprozessen des Publikums mit den Schauspielern kommt." (Brecht-Horvath-Dürrenmatt, Wien, S. 33.)

Wie stark trotz der geforderten Distanz die Gefühlswirkung sein kann, beweist zum Beispiel die erschütternde Szene, in der die stumme Kattrin trotz ihrer Stumpfheit, aber in dem instinkthaften Mitleid mit den Bewohnern der Stadt Halle, die im Schlaf überfallen und hingemetzelt werden sollen, ihr eigenes Leben opfert und so lange die Trommel schlägt, bis die Stadt erwacht, sie aber erschossen wird. (Bertolt Brecht, Mutter Courage und ihre Kinder, Stücke 1935—1945, Frankfurt am Main, XI, S. 88—94.)

Vgl. dazu (Schönwiese, a. a. O.): „Brecht war nicht gegen das, was hier die ganzheitliche Erfassung des Menschen genannt wird, also eine Erkenntnis einerseits mit Geist, Vernunft, Verstand und anderseits Gefühl, Empfindung, Phantasie, sondern er war gegen jedes einseitig gefühlshafte Erleben unter Ausschaltung alles Geistigen, das dem Zuschauer zwar zu einem ‚kulinarischen Genuß' verhilft, das aber schon wenige Minuten später beim Kampf um die Garderobe vergessen ist."

Der Verhaltensforscher Konrad Lorenz analysiert in seinem Vortrag „Die acht Todsünden der zivilisierten Menschheit" „acht von einander unterscheidbare, aber in ursächlichem Zusammenhang stehende Vorgänge, die nicht nur unsere heutige Kultur, sondern die Menschheit mit dem Untergang bedrohen", und führt unter diesen auch den „Schwund aller starken Gefühle und Affekte durch Verweichlichung" an. (Zitiert nach dem Bericht über den Vortrag im Österr. Rundfunk am 26. 1. 1972 in der Wiener Zeitung.)

Wenn auch das beglückende Gemeinschaftserlebnis, wie es nach Schillers hinreißender Darstellung in der „Schaubühne als moralische Anstalt" die Bühne vermittelt, oder die Verklärung (die Hans Thirring im „Homo Sapiens" als die Erfüllung einer der Sehnsüchte des Menschen darstellt), wie sie etwa ein festlicher Gottesdienst bei Gläubigen hervorruft — vor allem von einem solchen Erlebnis, dem Weihnachtshochamt in der Pariser Kathedrale Notre Dame, bewogen, ist der Dichter Paul Claudel zum Katholizismus konvertiert —, sich heute statt im Theater und in der Kirche im Boxring und auf dem Fußballplatz ereignet, so sollte doch auf kultureller Ebene dem natürlichen Drang nach Begeisterung und Erhebung über den Alltag ein Weg geöffnet werden, sogar auch in der Erwachsenenbildung, wenn auch Wolfgang Keim (vgl. Anm. 62) diese Auffassung nicht teilt.

Literatur kann fallweise (und soll) also doch eine starke Gemütserregung bewirken und zum Erlebnis werden, ob im Theater, Kino oder vor dem Bildschirm.

[44] Wichtige Beispiele dafür sind Rolf Hochhuth, Der Stellvertreter; Heinar Kipphardt, In der Sache J. Robert Oppenheimer, Joel Brand; Robert Weiss, Trotzki im Exil.

Hier befruchten einander Theater und Fernsehen, die ihrem Wesen nach sonst Gegner sind: Kipphardts „Oppenheimer" wurde zuerst für das Fernsehen geschrieben und später in ein Bühnenstück umgearbeitet.

[45] Vgl. Anm. 42.

[46] Ein Fachausdruck aus der Lesepädagogik, mit dem abwertend die Lektüre von Proben statt von Ganzschriften in der Schule bezeichnet wird.

[47] Vgl. Anm. 31.

[48] Eine ungefähre Handhabe dazu: Den Anfang mit der Exposition und der Grundstimmung belassen oder nur wenig kürzen, dann eine oder zwei kleinere Auslassungen nach Notwendigkeit, die letzte Auslassung in der erforderlichen Länge vor dem Einschalten des zweiten Video-Bandes, so daß für die Schlußszenen zumindest etwa 20 Minuten, nach Möglichkeit auch mehr Zeit, bleiben (vgl. S. 20 f. und Anm. 33).

Auch Dichter hohen Ranges kürzen heute wie früher ihre eigenen Stücke, um sie bühnenreif zu machen, oder finden sich mit solchen Eingriffen ab. Es lassen sich wohl nur wenige große Dramen der Weltliteratur aufspüren, die für die Aufführung nicht mehr oder weniger „eingestrichen" sind.

So manches Bühnenstück der Gegenwart könnte an Wirkung viel gewinnen, wenn es wesentlich gekürzt würde und die Autoren nicht den Ehrgeiz hätten, Stücke, deren Atem für einen Einakter reicht, zu einem abendfüllenden Stück auszuwalzen. Solche Straffungen wären nötig, wenn die Dimensionen des zentralen Themas bald ausgeschritten sind oder die Variationsbreite des Einfalls zu dürftig ist.

Die im folgenden ausgesprochene Meinung, daß dies auch Stücken, angefangen von Samuel Becketts „Warten auf Godot" über Peter Handkes „Kaspar" und „Das Mündel will Vormund sein" bis zu Thomas Bernhards „Ein Fest für Boris" bekömmlich wäre, ist natürlich nur subjektiv und mag, auch mit Entrüstung, zurückgewiesen werden. Wie wirksam moderne konzentrierte Einakter sein können — dafür nur zwei Beispiele, die dem Theater des Absurden zugerechnet werden: „Ein Bräutigam für Marcella" und „Café Miriam", beide von Ivan Klima. Sie zeigen auch, daß auch solche Stücke sowohl die Ratio — nach Brecht — wie auch das Gefühl — nach Aristoteles! — aufs stärkste erregen können.

Und sind auch Beispiele dafür, wie hilflos ein Teil des Theaterpublikums in Wahrheit ist (siehe S. 10 f.), wenn es nicht auf seinen Snob-Appeal angesprochen wird und daher auch dort Beifall klatscht, wo es nichts versteht. Dieser Anruf hat hier gefehlt, und so sind diese beiden Stücke die am schlechtesten besuchten der Spielzeit 1969 im Theater in der Josefstadt gewesen und haben der Direktion eine Menge Beschwerdebriefe eingebracht.

[49] Vgl. Janitschek, Didaktik, a. a. O., S. 15 f.

[50] Ebenda. Ausführlicher dargestellt im Abschnitt „Der Video-Recorder", 12 f.

In dem Werk „Television today" (Henry R. Cassirer, published by UNESCO, Paris, 1960), das sich mit der Einbeziehung des Fernsehens in Schule, College und Universität befaßt, einer umfangreichen und sehr informativen Arbeit, finden sich auch eingehende Beschreibungen der technischen Geräte und u. a. auch Hinweise für die richtige Aufstellung des (bzw. der) Empfangsgeräte(s).

[51] Janitschek, „Audio-visuelle Medien", a. a. O., S. 21.

[52] Vgl. Anm. 43.

[53] „Die Verbindung von Bild und Ton stellt sich als die beste didaktische Methode heraus. Dabei kann die Wirkung eines visuellen Mediums noch erhöht werden, wenn der Präsentation eine gesprochene Einleitung vorangestellt wird. So sind der Hinweis auf besonders schwierige Stellen und die Stimulation des Interesses gleichermaßen am Effekt auch der medialen Aussage beteiligt (Dröge u. a., a. a. O., S. 112, zit. nach Arthur A. Lumsdaine, Experiments on mass communication, Sheffield 1949, Anm. 10).

[54] Siehe S. 17.

[55] Siehe S. 20 f.

[56] Janitschek, Rilke — warum nicht? in: Arbeit und Wirtschaft, Wien, 2/1972, S. 26. Aus einer Replik auf einen Leserbrief, in dem Verse von R. M. Rilke als „lächerlich und kabarettreif" abgetan wurden.

[57] Siehe S. 20, Anm. 43 und 62.

[58] „Bekanntlich ist die Kunst (also Baukunst, Bildhauerei, Malerei, Graphik, Dichtkunst, Musik, Tanz und Schauspielkunst) jenes Medium, durch welches Gefühle geweckt, vertieft, kultiviert werden können. Die Beschäftigung mit Kunstwerken setzt aber — neben einigen Sachkenntnissen — vor allem innere Ruhe, Hingabe und Geduld voraus ... Wiederholung ist hier vonnöten, oftmaliges Hören unerläßlich. Erst wenn das Kunstwerk gewisse Saiten in uns zum Schwingen gebracht hat, ergreift es und erhebt es uns." (Aladar Pfniß, Formale Bildung an der Volkshochschule, S. 46, in: Erwachsenenbildung in dieser Zeit, a. a. O.)

[59] Siehe Anm. 43.

Theodor Bucher (a. a. O., S. 132) meint, sich der Hypothese, wie er sie nennt, von G. Maletzke anschließend (Fernsehen im Leben der Jugend, Hamburg, 1959, S. 42), daß „Fernsehsendungen kritischer, wacher, bewußter aufgenommen (werden) als der Film im Kino, bei dem eine Reihe von Faktoren gemeinsam in der Richtung auf ein zeitweiliges — wenn auch meist nur partielles — Ausschalten der Funktionen der oberen Schichten wirken ... Der Film kann durch das verbundene Nachlassen von Distanz und Kritik stärker auf die Bereiche des Emotionalen, auf die Tiefenschichten und das Unbewußte einwirken."

Diese Wirkung wird wohl auch durch das Gemeinschaftserlebnis (vgl. Anm. 43), die große Bildfläche wie auch durch die Massenszenen, die das TV-Spiel überhaupt vermeidet (und deren Eindruck sich bei der Filmwiedergabe über den Bildschirm sehr abschwächt), erreicht. Aber für den Empfang literarischer Sendungen über den Bildschirm ist dies auch nachteilig, weil diese sowohl die emotionale wie auch die kritische Haltung brauchen, und nicht bloß sachlich, kühl und trocken aufgenommen werden sollen.

Die Auffassung, daß Fernsehsendungen grundsätzlich „kritischer, wacher und bewußter aufgenommen werden als der Film im Kino", ist aus den oben erwähnten Gründen anzuzweifeln. Vielleicht war sie noch vor 14 Jahren zutreffender, als, zum Unterschied von heute, Fernsehen noch ein besonderes Ereignis gewesen und nicht zu einer Konsumgewohnheit geworden war.

„Wie die Erfahrung zeigt, werden Programmerwartungen sehr oft enttäuscht, ohne daß man das Gerät gleich ausschaltet oder die Zeitung beiseite legt. Denn, wie Berelson in einer Zeitungsuntersuchung festgestellt hat, erfüllt die Massenkommunikation neben dem thematischen Interesse, den Freizeitwünschen oder Kontaktbedürfnissen noch einen anderen, selten erwähnten Anspruch: Lesen — und entsprechend Hören oder Sehen — als Selbstzweck ohne jede andere Erwartung. Ein Habitualisierungsaspekt spielt also beim publizistischen Konsum unabhängig von Programmpräferenzen eine Rolle" (Dröge u. a., a. a. O., S. 20).

Wie uneinheitlich, oft sogar einander gerade entgegengesetzt die Meinungen über das Wesen und die Wirkungen des Fernsehens sind, geht aus der Darstellung Hans Altenhubers hervor, die er zu Beginn seines Aufsatzes „Das Fernsehen im Dienste der Erwachsenenbildung" (Moderne Erwachsenenbildung, a. a. O., S. 114—129) gibt. Er kennzeichnet die Theorien von Günther Anders, Marshall McLuhan und Otto Gmelin (Das Buch von Franz Dröge u. a., a. a. O., und die erst vor kurzem erschienene Publikation von Jonathan Miller, „Marshall McLuhan", Deutscher Taschenbuch Verlag, Mai 1972, München, mit ihrer scharfen, aber dennoch respektvollen Kritik der Thesen McLuhans [vgl. Anm. 21] konnten in der 1969 verfaßten Abhandlung nicht berücksichtigt werden) und stellt schließlich fest, daß „von allen Theorien unberührt und den pessimistischen Kritikern zum Trotz ... das Fernsehen heute zu einer Bildungsmacht ersten Ranges geworden (ist)" (ebenda, S. 116) ... „Was lange ein Schlagwort war, eine unerfüllbare Forderung, wird nun durch das Fernsehen radikal verwirklicht: die Demokratisierung der Bildung" (S. 117). Aus den folgenden Ausführungen geht aber eindeutig hervor, daß diese potentiellen Wirkungen des Fernsehens nicht von diesem autonom, sondern nur im Medienverbund oder in der Zusammenarbeit mit den Einrichtungen der Erwachsenenbildung erreicht werden können.

[60] Auch heute noch ist ein Theaterbesuch ein aus dem Alltag herausgehobenes Ereignis, wenn auch lange nicht mehr in dem Maße, als dies früher der Fall war. Dies zeigt sich schon in Äußerlichkeiten der Vorbereitung wie zum Beispiel im Anziehen festlicher Kleidung. Das Fernsehen ist Gewohnheit geworden wie das Andrehen des Rundfunkempfängers mit seiner Dauermusik, wenn auch das Fernsehen aus offensichtlichen Gründen doch mehr Aufmerksamkeit erfordert. Aber diese wird durch gleichzeitiges Essen und Trinken, durch Dazwischenreden, Telefongeklingel und dergleichen gemindert.

„Wo früher Generationen horchten, überlegten, dachten, da schauen wir; aber es ist kein richtiges Schauen, kein aktives Miterleben mehr, wie es etwa Albert Einstein mit dem Satz umschreibt: ‚Die Freude am Schönen und Begreifen ist die schönste Gabe der Natur an den Menschen'" (Foltinek, a. a. O., S. 15).

Als diese Sätze geschrieben wurden (1959), gab es in ganz Österreich 112.000 Fernsehempfänger, heute mehr als 1,7 Millionen. Damit hat das Fernsehen den ursprünglichen Charakter des Außergewöhnlichen fast zur Gänze eingebüßt, mit Ausnahme der Minorität, die gezielt fernsieht, also das Programm überlegend auswählt und jedenfalls nicht regelmäßig vor dem Bildschirm sitzt.

[61] Vgl. Anm. 15, Braak, S. 140 f.

[62] Benno von Wiese (a. a. O., S. 5 f.) nennt unter den jeweiligen neu auftretenden Methodenlehren der Literaturwissenschaft seit den zwanziger Jahren unseres Jahrhunderts: Literaturgeschichte als Problemgeschichte (Unger), als Ideengeschichte (Korff), als Volksgeschichte (Nadler), als Gattungsgeschichte (Viëtor, Günther Müller), als innere Darstellung großer Gestalten (Gundolf), als ins Begreifliche übersetzte Mythologie (Bertram) und noch in jüngster Zeit als Formgeschichte (Böckmann).

Braak (a. a. O., S. 11 ff.) teilt die Richtungen in vier Gruppen ein: 1. Psychologisch-biographische Gruppe (mit vier Unterteilungen), 2. Soziologische Gruppe (auch mit vier Unterteilungen), 3. Ideengeschichtliche Gruppe (drei Unterteilungen), 4. Stilgeschichtliche Gruppe (zwei Unterteilungen).

Diese Problematik beeinflußt natürlich auch die „Literaturpädagogik" und macht sie unsicher. Wegen der „Schwierigkeit der Begriffsabgrenzung" zieht Wolfgang Keim diesen Terminus als Oberbegriff vor. Unter „Literatur" versteht er „den engeren Bereich sprachlicher Kunstwerke" (Wolfgang Keim, Literatur in der Erwachsenenbildung, Ernst Klett Verlag, Stuttgart, S. 7).

Herbert Seidler kommt in seinem Vortrag „Wege und Irrwege der deutschen Literaturwissenschaft" (gehalten an der Universität Wien vermutlich im Jahre 1963 oder 1964) zu dem Ergebnis, daß diese nie völlig objektiv und von den Zeitumständen unabhängig sein könne.

Hans Mayer sieht in seinem Vortrag (im Mai 1973, ebenfalls in der Wiener Universität): „Vom Elend der Germanistik" dieses vor allem in der Gesellschafts- und Bildungskrise unserer Zeit und in der Unvereinbarkeit der Standpunkte der Germanisten in der BRD, der DDR und in den nicht deutschsprachigen Ländern. Er selbst lehnt die Flucht in die vermeintlich „heile" Welt von gestern ab, setzt sich so in Gegensatz z. B. zu Emil Staiger, will die „gegenwartsrelevante" Literatur bevorzugt wissen, bekennt sich aber keineswegs bedingungslos zum sogenannten „sozialistischen Realismus".

In der Diskussion erregte seine kategorische Feststellung, es sei nicht die Aufgabe der Dichtung, Trösterin zu sein, Widerspruch. Gesellschaftskritische Literatur ebenso wie geistreiche Satire z. B. könnten sehr wohl dazu beitragen, das Leben seelisch zu meistern, und so auch trostreich sein.

Im Vorwort zu der erwähnten, wohl neuesten Monographie über „Literatur in der EB" (eine andere in letzter Zeit erschienene Publikation wird hier bloß erwähnt, aber sonst außer acht gelassen, weil sie sich, wie schon aus dem Titel hervorgeht, bloß mit dem Hörfunk, nicht aber mit dem Fernsehen befaßt:

Lucian Neitzel, Rundfunk und Erwachsenenbildung, A. Henn Verlag, Ratingen) stellt Hans Tietgens fest, daß „heute Kurse, die sich mit Literatur befassen, in starkem Maße zurückgegangen sind“. Er sieht darin u. a. „die Folge einer Behandlung der Literatur, durch die sie als moralisches Demonstrationsobjekt, als Initial aufgenötigter ‚Besinnung‘ oder als Instrument nationaler Gefühle verfälscht wurde“.

Zweifellos geht das schwindende Interesse an der Literatur, soweit sie nicht Trivialliteratur ist, Hand in Hand mit der Vernachlässigung gehaltvoller TV-Sendungen literarischen Charakters, einschließlich seriöser Filme und Fernsehspiele, zugunsten von Unterhaltungssendungen mit sehr bescheidenen Ansprüchen oder von Sportübertragungen. Tietgens ergänzend, könnte man also wohl mit Berechtigung als weitere und sehr gewichtige Ursachen den weitgehenden Boykott von Qualitätsdarbietungen durch die Masse der Zuseher und die sich daraus ergebende Gewöhnung an Sensation, äußerliche Spannung, Brutalität, „Klamauk“ u. dgl., die täglich geboten werden, und die Verflachung des Geschmacks anführen.

Die Gewöhnung an diese Art von Literatur ist nicht dazu angetan, die Zuseher für höhere Formen zu interessieren oder gar sie zum Besuch eines Literaturkurses in einer Volkshochschule zu gewinnen.

Keim zählt die üblichen literaturpädagogischen Maßnahmen auf, Erwachsene „literarisch“ zu bilden (Anführungszeichen von Keim): durch Darbietung literaturgeschichtlicher Zusammenhänge, durch Vermittlung geeigneter Werke, durch Besprechung der Einzeldichtung und durch Hinführung zu deren „Erlebnis“ (Anführungszeichen wie oben), die sich nach seiner Meinung als zu wenig erfolgreich erweisen. Er ist skeptisch gegenüber dem bloßen Darbieten, zum Beispiel „weil vielfach erst das mehrmalige bedachtsame Lesen das Wesen einer Dichtung erschließt“ (S. 50). Es bestehe auch die Gefahr, daß beim Zuhörer am Ende lediglich ein äußerlicher, mit der Dichtung kaum mehr zusammenhängender Effekt das Ergebnis ist. Er warnt auch vor sentimentalisierender Verlebendigung und Stimmungsmache, um das „Erlebnis“ (wie oben) zu vertiefen.

Die Reserve gegenüber solchen Methoden, um ein Erlebnis zu provozieren, ist völlig berechtigt, aber es ist nicht einzusehen, warum das echte Erlebnis auf alle Fälle tabu sein müßte, auch wenn es sich ohne jedes falsche Lehrerpathos einstellt (vgl. Anm. 43).

In dem Abschnitt „Neubegründung einer der Dichtung angemessenen ‚literarischen‘ (wie oben) Erwachsenenbildung für die Gegenwart“ wendet er sich gegen die Ziele der überholten literarischen Bildung, gegen „Geschmacksverbesserung, Wiederbelebung von Herz und Gemüt, Lebenshilfe oder Festigung einer zur Norm erhobenen Weltanschauung“, da so „die Dichtung in den Dienst von etwas, das außerhalb ihrer selbst lag, trat ... Die Dichtung als ‚Dichtung‘ (wie oben) aber kam nirgends zum Vorschein“ (S. 53 ff.).

In dem nächsten Abschnitt, den er folgerichtig mit „Dichtung als Dichtung“ überschreibt, erläutert er, daß „es gilt, drei Kategorien der Dichtung ins Bewußtsein zu rufen, die auch für den literaturpädagogischen Bereich fundamentale Bedeutung besitzen: die Gegenständlichkeit, die Wahrheit und die Zeitlichkeit der Dichtung.“ Einfacher ausgedrückt heißt das wohl nichts anderes, als den Sachverhalt zu klären, die psychologische Richtigkeit zu prüfen, und wieweit der Dichter seine Absicht tatsächlich ausgeführt hat, und schließlich die Zeitgebundenheit zu erkennen.

Leider sind die Beispiele, die er bringt, durchaus nicht überzeugend für die Anwendbarkeit seiner Thesen in der Erwachsenenbildung, soweit sie sich als Volksbildung versteht und nicht bevorzugt als Stätte von Elite-Kursen, wie in diesem Falle etwa für Germanistikstudenten oder ähnlich Spezialinteressierte. So lädt die sehr eigenwillige Behandlung von Goethes „Wanderers Nachtlied" keineswegs zum Nachvollzug ein; ebensowenig versprechen die anderen Beispiele den gleichen Erfolg, von dem Keim berichtet, wenn man sie als Muster für die Literaturpädagogik an Volkshochschulen im allgemeinen nehmen wollte.

Sicherlich enthält dieses Werk, das schon, wie Manfred Arndorfer in seiner Rezension (Österr. Volkshochschule, Wien 1972, Nr. 84) hervorhebt, durch die imponierende Bibliographie auffällt, viel Bemerkenswertes und des Nachdenkens Würdiges. (Trotzdem vermißt man unter den vielen Titeln die einschlägigen Werke so namhafter Autoren wie Emil Staiger, Fritz Strich, Benno von Wiese, René Wellek u. a.)

So kann man der folgenden Ausführung in dem Teil III (Aufgabe einer „literarischen" Erwachsenenbildung in der Gegenwart) ohne Einschränkung zustimmen: „Wie hilflos steht ein großer Teil des Publikums nicht nur moderneren, avantgardistischen, sondern auch ‚traditionellen' Stücken gegenüber, obwohl einst in der Prima (in Österreich die achte Klasse des Gymnasiums) Schiller, Goethe, sogar Brecht ausführlich behandelt wurden" (S. 70).

Darnach erfüllt nach Keim der Deutschunterricht in der allgemeinbildenden höheren Schule nicht (besser wäre, um nicht zu verallgemeinern, „oft nicht") seinen Zweck, und es ist daher auch Aufgabe der Erwachsenenbildung, „das in der Schule geweckte Interesse und das dort erworbene Verständnis für Dichtung (hier wieder besser „oft erworbene") lebendig zu erhalten und vor allem für das jeweilig Neue zu eröffnen, damit dieses nicht der Manipulation kleiner Gruppen bzw. Bestseller-Listen anheimfällt" (S. 70).

Keim beschreibt drei Studienkreise an der VHS Koblenz (S. 87 ff.). Dabei trifft er die anmaßende Feststellung (vgl. S. 29 und Anm. 56): „. . . wurde an Ernst Wiecherts Roman ‚Wälder und Menschen' exemplarisch gezeigt, daß diese Art von Literatur nicht den Anspruch erheben kann, Dichtung zu sein, einmal weil unserer Wirklichkeit ausgewichen und über ihre Problematik der schöne Schein einer heilen Welt ausgebreitet wird, zum anderen, weil die sprachlichen Mittel unzulänglich und epigonal sind" (S. 88).

Ob man da nicht Karl Kraus — aus dem Gedächtnis — zitieren sollte („Ich bin nur einer von den Epigonen, die in dem alten Haus der Sprache wohnen")?

Der Autor beklagt schließlich „das bisherige Versäumnis gegenüber denjenigen Schichten der Bevölkerung, die noch nicht oder kaum einen Zugang zur Dichtung gewonnen haben" (S. 120), weiß dafür aber kein Rezept. Es ist zu bezweifeln, ob er mit seiner Auffassung von Literaturpädagogik gerade bei diesen Schichten Erfolg hätte.

Mit anderen, oft erprobten Methoden (vgl. Anm. 43, Ellenberger, a. a. O.) kommt man wohl eher zum Ziel.

Was Wolfgang Strobach (Der Deutschunterricht in der Bildungsschule,

Österr. Bundesverlag, Wien 1955, S. 62 f.) über den sachlichen Gehalt im Werk des Dichters und seine Einbeziehung in die Interpretation sagt, ist im Grundsätzlichen auch für die literarische Fernsehsendung gültig (gekürzt):

„Jede Dichtung stellt ein Stück Leben dar. Leben aber bedeutet dem Menschen Erkennen, Sammlung von Erfahrungen, die in den Wissenschaften ihren geordneten Niederschlag finden. Unsystematisch, aber anschaulich und lebensnah dargestellt, finden sich Kenntnisse und Erkenntnisse aller Wissenschaften als sachlicher Gehalt im Werke des Dichters. Völkerkunde und Psychologie, Kultur- und Kunstgeschichte usw. lassen sich aus Dichtungen ‚lernen' . . . Aus literarischem Wissen erwachsen uns soziologische Kenntnisse und Erkenntnisse . . . Er (der junge Mensch) wird das gleiche Bild vom Menschen auch in der Literatur fremder Völker finden, nur in anderem Gewande . . . So werden die Werke der Weltliteratur . . . zur Quelle der Einsicht in das Lebensgefühl und die Lebensart fremder Völker mit dem Ziel: durch Völkererkenntnis zum Völkerverständnis. Doch auch praktische Lebenserfahrung aus den Werken der Dichtkunst ist ein wichtiges Wissensgut . . ., denn die im Dichtwerk enthaltene Lebenserfahrung und das Wissen um das Lebensleid der handelnden Personen und seine Ursachen können Mahnung, Hilfe, Trost für das eigene Leben sein."

[63] Benno von Wiese, a. a. O., S. 7.

[64] Ebenda, S. 8.

[65] Ebenda, S. 9: „Staiger, zweifellos ein Meister neuzeitlicher Interpretationskunst, der in der Auslegung begreifen wollte, was uns ergreift, hebt mit Recht hervor, ‚daß es ein barer Hochmut sei, sich beim Erklären von Sprachkunstwerken auf den Text beschränken zu wollen' " (vgl. Anm. 43).

Wäre Goethe in unserer Zeit geboren worden, hätte er die Fernseher wohl nicht anders beurteilt als die Leser:

„Es gibt dreierlei Arten Leser: Eine, die ohne Urteil genießt, eine dritte, die, ohne zu genießen, urteilt, die mittlere, die genießend urteilt und urteilend genießt; diese reproduziert eigentlich ein Kunstwerk aufs neue." („Maximen und Reflexionen")

[66] Wiese, a. a. O., S. 12 f.: „Und doch ist die Interpretation ohne die Einfühlung in das spezifisch Künstlerische nur sehr begrenzt möglich. Gewisse Voraussetzungen sind lern- und lehrbar. Das Eigentliche erfordert die lebendige Persönlichkeit des Deutenden."

Wenn nach Aladar Pfniß der Beruf des Erwachsenenbildners „gediegenes Fachwissen, pädagogische (andragogische) Fähigkeiten, Menschenkenntnis und ein gutes Stück Lebenserfahrung voraussetzt" (Aus- und Fortbildung, a. a. O., S. 204), so gilt für die Interpretation im Sinne Benno von Wieses in besonderem Maße der Hinweis, mit dem Aladar Pfniß fortsetzt: „Und möge bei allem Suchen nach neuen Zielen und Methoden der Erwachsenenbildung nicht übersehen werden, daß die wirksamsten Bildungshilfen immer von Persönlichkeiten ausgehen, die zu ‚echten Gesprächen' im Sinne Martin Bubers fähig sind."

[67] An der Volkshochschule in Wien-Hietzing geht der Literarische TV-Kurs im Herbst 1973 in das vierte Jahr seines Bestehens, an der Volkshochschule für Hörbehinderte in Wien XV wird er ebenfalls als Jahreskurs weitergeführt werden.

Im Arbeitsjahr 1971/72 hatte der Kurs in Wien-Hietzing im Durchschnitt

15 Hörer je Kursabend. Die Besucherzahl war, wie wohl überall in der Erwachsenenbildung, im Wintertrimester höher, im Sommertrimester niedriger als die Durchschnittszahl. Die Abende folgten einander im Intervall von 14 Tagen und dauerten jeweils 100 Minuten ohne Pause. Infolge zeitweiliger Verhinderung des Dozenten wurden die Abstände fallweise auf eine Woche verkürzt, um die entfallenden Kursstunden einzubringen. Dies geschah ohne Schaden für den Besuch oder den Kurserfolg überhaupt, bedeutete aber eine organisatorische Erschwernis, weil für eine gewisse größere Reserve von bespielten Video-Bändern vorgesorgt werden mußte. Im laufenden TV-Programm ist ja nicht jede Woche eine geeignete Sendung zu finden.

Eingeschrieben waren 20 Hörer. Der Abfall liegt also ein wenig höher, als dies bei allgemeinbildenden Kursen der Fall zu sein pflegt. Dies erklärt sich nicht aus der nachlassenden Anziehungskraft, sondern vollzog sich bereits nach der ersten und zweiten Kursstunde, als die Hörer, die trotz der Ankündigung im Vortragsprogramm (siehe S. 18 f.) mit falschen Erwartungen in den Kurs gekommen waren, weil sie, ohne selbst einen TV-Apparat zu besitzen, glaubten, hier kostenlos jeweils ein Programm nach ihrem Geschmack vorgesetzt zu bekommen (siehe S. 22 ff.). Die Frequenz blieb weiterhin durchaus konstant, und die Schwankungen erklärten sich bloß aus dem Fernbleiben infolge Erkrankung, Kuraufenthalte oder familiärer Ursachen. Eine einmalige Absenz bedeutet übrigens keineswegs den gleichen Nachteil wie bei einem auf den Erwerb bestimmter Kenntnisse gerichteten Kurs, weil am Anfang des nächsten Abends das Wesentliche des letzten Kurses zusammengefaßt wird (siehe S. 33), außerdem das Ziel des TV-Kurses vorwiegend formalbildend ist und dieser selbst eine Art freie Arbeitsgemeinschaft darstellt.

Die Zahl der Teilnehmer soll nach Möglichkeit nicht unter 10 bis 12 sinken und andererseits 20 bis 24 nicht übersteigen. Zu diesen Angaben führen Überlegungen, die eigenen Erfahrungen, aber auch die anderer Fernsehpädagogen. So hat die Bundesstaatliche Hauptstelle für Lichtbild und Bildungsfilm in Wien schon vor Jahren wertvolle Ratschläge über die richtige Aufstellung des Empfangsgerätes gegeben, den noch zulässigen Beobachtungswinkel, die Entfernung der Beschauer vom Bildschirm, die etwa zwischen zwei bis fünf Meter liegen soll, und für ein größeres Auditorium ein zweites, gegebenenfalls ein drittes Gerät empfohlen (vgl. Anm. 50). Letzteres kommt derzeit nicht in Betracht, solange die Volkshochschulen zufrieden sein müssen, auch nur über ein Empfangsgerät zu verfügen und eine ausreichende Zahl von Teilnehmern für die dazugehörigen Begleitkurse zu gewinnen.

Andere Umstände sind zwar kein unbedingtes Erfordernis für den Erfolg, aber jedenfalls eine Förderung: Der Raum soll der Anzahl der Hörer angepaßt, also nicht zu groß und stimmungsfördernd eingerichtet, vor allem mit bequemen Sitzgelegenheiten ausgestattet sein.

Macht man sich die Auffassung zu eigen, daß die Andragogik den vielfältigen Bildungsinteressen geistig Interessierter, also mehr oder minder bereits „Gebildeter", zu dienen hat, aber als Volksbildung nicht minder das Niveau breiter Volksschichten zu heben berufen ist, so befriedigt die Zusammensetzung der Kursgruppe im Hinblick auf ihre Schulbildung. Ein Viertel der Hörer hatte eine allgemeinbildende höhere Schule besucht und die Reifeprüfung abgelegt, zwei davon hatten eine abgeschlossene Hochschulbildung. Man kann wohl — und auch ohne falsche Bescheidenheit — mit Berechtigung sagen, daß der Besuch des Literarischen TV-Kreises allen einen Bildungsgewinn gebracht hat, aber der Nutzen für die Absolventen von Pflichtschulen noch größer gewesen ist.

Es ist nicht mit Sicherheit zu sagen, ob die Verteilung der Geschlechter im Kurs dem Durchschnitt entspricht oder, vielleicht beträchtlich, davon abweicht. Die sogenannten „Variablen“ sind zu viele, als daß man auch nur die Besucher von allgemeinbildenden Kursen zusammenfassen und einen repräsentativen Durchschnitt errechnen könnte. Dazu kommt noch, daß der Literarische TV-Kreis eine praktisch neue Kursform darstellt.

In der VHS Wien-Hietzing setzte sich die Hörerschaft aus einem Viertel Männer und drei Vierteln Frauen zusammen.

Was die Altersstruktur anlangt, wurde schon vor Jahren festgestellt, daß zwei Drittel der Besucher allgemeinbildender Kurse über 50 Jahre alt sind und die 61- bis 65jährigen den höchsten Prozentsatz ausmachen (Anm. 37). Diese Zahlen wurden aus einer sorgfältigen Untersuchung der Hörerschaft einer großen Wiener VHS, der VHS Ottakring, ermittelt. Wie weit sie damals, vor zehn Jahren, als repräsentativ für die Verhältnisse in ganz Wien angenommen werden konnten und ob sie auch heute gültig wären, ist bestenfalls zu vermuten, aber nicht mit Sicherheit zu behaupten. Immerhin geben sie einen Bezugspunkt an, nach dem man sich richten kann, ob nun die Toleranzgrenze nach oben oder unten mehr oder weniger vergrößert werden müßte.

Im TV-Kreis der Volkshochschule Hietzing war die Zahl der Älteren noch etwas höher, als Kutalek-Fellinger ermittelt haben: Drei Viertel waren über 50 Jahre, und der Anteil der über Sechzigjährigen war prozentual ebenfalls am größten.

In der VHS für Hörbehinderte waren die Verhältnisse zum Teil überraschend gleich, zum Teil nicht wesentlich verschieden.

(In dem elektronisch besonders eingerichteten Kursraum können die Hörbehinderten mit ihren Hörapparaten den Kursleiter normal verstehen, aber auch die Sendungen akustisch, je nachdem, wie oder fast wie Normalhörende verfolgen.)

Eingeschriebene Hörer 25. Durchschnittsfrequenz 20. Drei Viertel Frauen, ein Viertel Männer (wie oben!). Anteil der über Sechzigjährigen noch etwas größer als in der VHS Hietzing.

Erhebungen über die Vorbildung wurden hier nicht angestellt. So wie aus Taktgründen — vor allem aber auch, weil es sich bei der vorliegenden Arbeit ja nicht um eine empirisch-soziologische Untersuchung zu einem bestimmten Zweck handelt, sondern die Angaben an dieser Stelle bloß einen ungefähren Einblick in die Zusammensetzung der Hörer dieses Kreises ermöglichen sollen — auch in der VHS Hietzing keine Erkundigungen über Freizeitinteressen, materielle und familiäre Verhältnisse und dgl. eingezogen wurden, wurde bei den Hörbehinderten noch weniger erfragt, um die aus begreiflichen Gründen zurückhaltenden und zu Mißtrauen neigenden Menschen nicht zu beunruhigen und das Vertrauensverhältnis zwischen ihnen und dem Kursleiter, das hier noch wichtiger als in Kursen für Normalhörende ist, nicht zu erschüttern.

Daß die älteren Jahrgänge also auch in diesen Literarischen TV-Kursen stärker vertreten sind, ist weder außergewöhnlich noch auch sonst ein Nachteil, vom Standpunkt des Aufgabenbereiches der Erwachsenenbildung im allgemeinen gesehen. Es heißt ja in der Grundsatzerklärung (Auftrag, a. a. O., S. 6): „Die Volkshochschule geht auf die Anliegen aller Altersstufen, besonders auch auf die der älteren Menschen, ein."

In ähnlichem Sinne äußert sich Wolfgang Speiser: „Wir dürfen nicht vergessen, daß die Menschen heute eine höhere Lebenserwartung haben. Zur Volksbildung kommen zahlreiche Sechzigjährige und ältere. Die Betreuung älterer Menschen — nicht nur in sozialen und gesellschaftlichen Fragen — sowie ihre Beschäftigung nach dem Ausscheiden aus dem Berufsleben und die Pflege ihrer geistigen Interessen sind eine wichtige Aufgabe der Volksbildung." (Wolfgang Speiser, Wiener Volksbildung — gestern — heute — morgen, in: Erwachsenenbildung, a. a. O., S. 247.)

Trotzdem wäre es natürlich aus vielen Gründen sehr zu wünschen, daß auch jüngere Menschen in größerer Zahl den Weg in die allgemeinbildenden Kurse der Volkshochschule, also auch in die Literarischen TV-Kreise, finden (vgl. Anm. 37).

[68] Dieser Sendung, deren Grundlage vorwiegend Gedichte Josef Weinhebers aus der Sammlung „Wien wörtlich" waren, wurde der Fernsehpreis der Österreichischen Volksbildung zuerkannt.

Mit den zuletzt genannten Sendungen (und einigen anderen — siehe unten) sind offensichtlich auch TV-Gattungen im Literarischen TV-Kreis behandelt worden, die nicht zu seinem eigentlichen Aufgabenbereich gehören (vgl. S. 18). Das Interesse, das auch diese Sendungen und ihre Erörterung bei den Hörern gefunden haben, mögen diese Inkonsequenz entschuldigen. Immerhin sind diese TV-Darbietungen bildend gewesen, wenn auch nicht gerade in literarischer Hinsicht.

Diese gelegentlichen Abweichungen konnten ohne Gefahr gewagt werden, weil der Literarische TV-Kreis seinem Wesen nach nicht an ein starres Programm gebunden ist. Schließlich durfte sich der Kursleiter auch die Erfahrung zunutze machen, daß die Besucher allgemeinbildender Kurse, also auch des Literarischen TV-Kreises — in der Mehrzahl, wie erwähnt, ältere Menschen — nicht immer bloß ihr Wissen auf einem begrenzten Gebiet erweitern wollen, sondern ebenso häufig geistige Anregung aller Art, Kontakte mit Ähnlichgesinnten und Gelegenheit zur Aussprache suchen (vgl. Anm. 36).

Es war auch verlockend, die Gelegenheit, die dieser Kurs bot, zu nützen, um auf solche, doch von der Masse meist völlig vernachlässigte Sendungen hinzuweisen, sie zu verlebendigen und so die geistigen Impulse, die in den Bildungssendungen verborgen sind, wirksam werden zu lassen und weiterwirkendes Interesse an ihnen zu wecken.

Zu den Hauptmerkmalen und auch Zielen der sogenannten „Bildungsstreifen" des Fernsehens gehört ja ihre Funktion, weniger Wissensfakten zu vermitteln und zum bleibenden Besitz zu machen — diese Wirkung stellt sich nur bei einem minimalen Prozentsatz ein —, in einem weitaus höheren Maße jedoch im sogenannten „Medienverbund" oder auch bloß mit Hilfe eines TV-Begleitkurses an einer Volkshochschule (siehe S. 15 f.) — als dadurch geistig-seelische Kräfte zu wecken, daß sie einen Einblick ermöglichen in die nähere und weitere Umwelt, in die Vielfalt, Verschiedenartigkeit und Bedeutung der Probleme, die die Menschheit früher bedroht haben und die jetzt ihre Sorge sind; in die Art, wie Wissenschaft und Politik sie seit je zu lösen trachten.

Gleiches gilt auch für andere kulturell wertvolle Sendungen, auch wenn sie nicht eigens als ausgesprochene Bildungsstreifen angekündigt werden, z. B. das Schulfernsehen, für TV-Produktionen mit vorwiegend kulturpolitischem oder sozialkritischem Akzent wie „Panorama“, „Horizonte“, „Gong“ u. a.

In seiner Stellungnahme zu den in der Erwachsenenbildung entwickelten Konzepten einer berufsbezogenen Bildung betont Rudolf Gönner, daß „die Möglichkeiten der Entfaltung der emotionalen Kräfte, der Weiter- und Höherentwicklung des geistigen und seelischen Lebens gesehen und genutzt werden (können — und sollen).“ (Das Selbstverständnis der modernen Erwachsenenbildung, in: Schriftenreihe des Verbandes der Volkshochschulen des Saarlandes, Nr. 5, S. 37 f. Zitiert in: Eduard Seifert, Allgemeinbildung und Berufsbildung für eine mobile Gesellschaft, in: Pfniß, Erwachsenenbildung, a. a. O., S. 83 f.)

Diese allgemein der Erwachsenenbildung als Aufgabe gesetzten Ziele gelten in gleicher Weise auch für die kulturellen Fernsehsendungen und im besonderen für die Arbeit mit diesen in den Begleitkursen der Volkshochschule.

[69] Diese Daten sind natürlich nicht zum Merken bestimmt, sondern nur eine Hilfe zur zeitlichen Einordnung des Dichters, der also der Generation von Hermann Hesse, Thomas und Heinrich Mann und, selbstverständlich neben noch anderen bedeutenden Autoren, auch von Jakob Wassermann angehört. Dieser war den Hörern schon vom „Fall Maurizius“ bekannt. Fruchtbar war die Erörterung der Frage, warum dieser so gut wie vergessen ist, die anderen aber noch weithin bekannt sind und auch noch gelesen werden, und warum gerade Hermann Hesse von jungen Menschen jetzt wieder „entdeckt“ worden ist.

[70] Abgesehen von den sonstigen Vorteilen wird auf diese Weise auch unmerklich und unauffällig eine beachtenswerte geistige und sprachliche Schulung durchgeführt. Bei der Erarbeitung der schriftlichen Abschlußnotiz muß ja das Wesentliche aus der Fülle herausgeschält und in knappen Worten formuliert werden. Die von den Hörern vorgeschlagenen Fassungen werden kritisch beurteilt und mit Unterstützung des Kursleiters in eine Synthese gebracht. Für die Hörer, die den vorangegangenen Kursabend nicht besucht haben, erweist sich diese Tätigkeit als eine erwünschte Unterstützung; sie werden so in anregender Form über das Versäumte unterrichtet (siehe S. 33 und Anm. 67).

[71] Einige weitere Beispiele in gedrängter Darstellung, die vor allem zeigen sollen, was jeweils besonders in das Blickfeld der Hörer gerückt worden ist:

„Die Marquise von B“, 1. Teil (Der zweite Teil nicht gezeigt!*). Wie wird die Geschichte — eine Kriminalaffäre aus dem 17. Jahrhundert — weitergehen? Aufforderung, den zweiten Teil zu Hause anzusehen. Nachher, am nächsten Kursabend, kritische Analyse und Vergleich mit dem vermuteten Handlungsverlauf. Urteil: Ein Unterhaltungsfilm, aber nicht nach Schema F gemacht, fesselnd durch Einblicke in die politischen und kulturellen Zustände unter Ludwig XIV.

* Umgekehrter Vorgang bei „Krebsstation“! Nur zweiter Teil vorgeführt! Inhalt und Problematik des ersten Teils vom Kursleiter und einigen Hörern kursorisch behandelt.

„Infam.“ Hier wurde unter anderem an einer Nuance gezeigt, wie bedeutungsvoll, oft menschlich tief ergreifend, gerade meist nicht Beachtetes sein kann, wenn man gelernt hat, nicht nur zu schauen, sondern richtig zu sehen:

Die Lehrerinnen erfahren von der verleumderischen Beschuldigung, lesbische Beziehungen miteinander zu haben, in einer wortlosen, aber um so eindrucksvolleren Szene: Karin läuft einem Vater, der ohne Erklärung seine Tochter aus der Schule nimmt, zum Auto nach. Dort, in der Ferne, „hört" man die akustisch unhörbare niederschmetternde Aufklärung.

„Die Enthüllung." Der Doppelsinn des Titels: Während der Lobrede bei der Enthüllung der Büste des verstorbenen großen Chirurgen wird auch in kontrastierenden Rückblendungen das „Allzumenschliche" auch bei „großen" Menschen bloßgelegt. Vergleich der dramaturgischen Technik dieses Fernsehspiels mit der ähnlichen des Bühnenstücks „Stephen Dädalus", das zur gleichen Zeit im Burgtheater aufgeführt wurde. Hinweis auf die bevorstehende Wiederaufführung des Jesuitendramas „Cenodoxus" mit seiner zum Teil vergleichbaren Thematik während der Salzburger Festspiele und auf die Probleme der Adaptierung dieses in seiner Originalform heute unspielbaren Barockdramas.

„Schiff ohne Heimat" (Die historische Fahrt der „Mayflower"). Eine Art Abenteuerfilm, aber spannende Unterhaltung mit Niveau. In der Besprechung auch ausführliche Information über die politischen, religiösen und sozialen Hintergründe der Emigration und über die Frühgeschichte der heutigen USA.

„Gale ist tot." Die Realität des Geschehens wird um so glaubhafter, als keine Schauspieler mitwirken, und macht diesen Dokumentarfilm — ein junges Mädchen stirbt nach einem verpfuschten Leben an Rauschgift — zu einem Sonderfall. Bewußtmachen der Tragik dieses Schicksals, das nicht erst durch den frühzeitigen Tod erschüttert. In einem Gespräch mit einem Journalisten, der Gale im Spital besucht, zeigt sich der seelische Verfall: Apathie, Verlust jeglicher persönlicher Würde, bloßes Warten auf das Ende.

„Herbst" (ein Akt von Curt Goetz, ungekürzt). Mehrere, ganz kurze Dialogstellen, unerwartet und ohne Kommentar wiederholt, um geistvolle Pointen auszuschöpfen oder ihre tiefere Bedeutung für die überraschende Wendung ins gedämpft Tragische am Schluß ahnen zu lassen.

Denn erst am Ende stellt sich heraus, durch Regie und Schauspielkunst hervorragend gestaltet, daß die Gesprächspartnerin blind ist. Ein Beispiel für ein Lustspiel, das stellenweise auch ergreift (wie so oft bei Shakespeare!), für eine amüsante Komödie, im Gegensatz zur Holzhammerkomik gängiger Filme.

Aus Gründen der Vollständigkeit folgen die Titel der restlichen im Literarischen TV-Kreis behandelten, aber in dieser Arbeit noch nicht erwähnten Sendungen:

- ★ Aufzeichnungen von Theateraufführungen: Genosse Brüggemann, Die Juden.
- ★ Problemfilme und Filme nach literarischen Vorlagen: Der Kreis, Emil und die Detektive, Bitterer Honig, Der spanische Gärtner.
- ★ TV-Spiele (nach literarischen Vorlagen): Die fremde Frau und der Mann unterm Bett, Das Glas Wasser, Die Stunde der Wahrheit.
- ★ TV-Spiele (frei erfunden): Seraphine oder die wundersame Geschichte der Tante Flo, Willy und Lilly, Zwischen uns beiden.
- ★ Sendungen mit vorwiegend bildendem und informativem Inhalt: Discjockey (ein Teil aus einer „Panorama"-Sendung), Freude am Schönen; Sympathie, Anti-

pathie, Vorurteile (aus der Serie „Das unbekannte Ich"), Abschied von der Scholle (aus der Serie „Unser täglich Brot heute").

72 Marian Heitger, Erziehen, Lehren, Lernen, Sendereihe im Hörfunk Österreich, 1970/71.

Paul Lazarsfeld, Forschungen auf dem Gebiet des künstlerischen Geschmacks, in: Am Puls der Gesellschaft, a. a. O., S. 176.

„Aus vielerlei Gründen wollen Menschen lernen, diskutieren, tätig sein. Immer aber werden es bestimmte vordergründige Interessen sein, die sie bewegen, in die Volkshochschule zu gehen. Von diesen je besonderen Interessen der Menschen, der potentiellen Volkshochschulhörer, muß die Volkshochschule ausgehen. Aber sie darf nicht nur solchen Interessen Rechnung tragen. Sie muß vielmehr — ihren eigenen Zielsetzungen folgend — den bei ihr Rat und Hilfe suchenden Menschen zeigen, auf welche Weise sie ihre positiven Anlagen erkennen und zu Fähigkeiten entwickeln können ... Die Volkshochschule muß ihnen aber auch zeigen, wie Vorurteile zu bekämpfen, Fehlschlüsse zu vermeiden und objektive Erkenntnisse zu erzielen sind." (Aladar Pfniß, Spezifische Probleme der Großstadt-Volkshochschule, in: Erwachsenenbildung heute und morgen, Graz—Wien 1972, S. 84.)

Die Bildungswerbung

Wer sich mit der Literatur über die Massenmedien im allgemeinen, über Kommunikationsforschung, über die Problematik der Erwachsenenbildung im besonderen, ihre Theorie und Praxis, ihre Zusammenarbeit mit Hörfunk und Fernsehen im Medienverbund oder in Form der Begleitkurse näher befaßt, staunt über die Fülle von Gedanken, die in zahllosen Seminaren ausgesprochen, in Büchern und Zeitschriften niedergelegt worden sind, und freut sich, wenn er selbst der Andragogik verbunden ist, wie wichtig diese genommen wird.

Aber er kann sich des Eindrucks nicht erwehren, daß hier friedliche Kämpfe gleichsam im Sandkasten ausgetragen werden, von Generalstäblern und Offizieren, aber daß das Fußvolk zu gering an Zahl ist, als daß mit ihm Siege errungen werden könnten. Mit den Hörern in den Volkshochschulen können wohl Vorpostengeplänkel erfolgreich durchgeführt werden, aber der entscheidende Durchbruch zum strategischen Ziel, der Hebung des Bildungsniveaus breiter Bevölkerungskreise, ist in keiner Weise gelungen, und das gleiche gilt für die Praxis der Medienerziehung. Wenn man unter dieser, wie es üblich ist, die Anleitung zum richtigen Gebrauch der Medien Presse, Film, insbesondere der großartigen Erfindungen des Hörfunks und Fernsehens versteht, zur überlegten und maßvollen Auswahl der angebotenen Sendungen, die auch anspruchsvollere Darbietungen und gehobenere Unterhaltung einbezieht, so müssen wir ohne den Versuch einer Beschönigung eingestehen, daß der Beitrag, den die Erwachsenenbildung bisher dazu geleistet hat, verschwindend gering ist. Die Medienerziehung aber muß, wie dies Ferdinand Kastner entschieden formuliert hat, „im Vordergrund alles Bildungsbemühens stehen" (vgl. Anm. 12).

Assoziiert man mit dem Begriff der Medienerziehung die Erziehung, besser die Bildung durch die Medien (was der Terminus allerdings nicht meint), so muß man sich vor übersteigerten Erwartungen hüten, wie hier schon wiederholt, und auch entsprechend begründet, zum Ausdruck gebracht worden ist (z. B. S. 15 f.).

Von der noch so geschickt „verpackten“ Bildung, die durch die Medien unter die Leute gebracht wird, bleibt, wie es eben das Schicksal von Verpackungen ist, meist nicht einmal diese, und Bildung ist eben mehr als bloßes flüchtiges Ansehen, nämlich ein vielfältiger Prozeß. Nach Goethe („Das Göttliche“) vermag nur der Mensch „dem Augenblick Dauer zu verleihen“, und zwar, wie vermutlich gemeint ist, durch die Kunst.

Es sei erlaubt, dieses schöne Wort modifiziert auch auf die audio-visuellen Medien anzuwenden: Nur durch Erörterung, Erklärung, Wiederholung, durch Besinnung, kritische Betrachtung und nicht zuletzt durch die Hilfeleistung eines hiezu befähigten und persönlich anwesenden Menschen wird aus den vergänglichen Augenblicken Dauer und wird „Bildung“ (vgl. Anm. 21). Hiefür bietet die Volkshochschule, noch lange nicht in entsprechendem Maße, aber immerhin, ihre Begleitkurse an, aber sie kann mit den herkömmlichen Mitteln weder in diesen noch in ihren anderen bildungsträchtigen Kursen und Veranstaltungen mehr als nur einen sehr bescheidenen Teil der Bevölkerung erfassen und bekanntlich am allerwenigsten diejenigen, deren Bildungs- und Geschmacksniveau einer zumindest bescheidenen Hebung am dringendsten bedarf. Ein Umdenken auch in der Erwachsenenbildung wird notwendig sein.

Wir leben nun einmal in einer Kommerzwelt, deren oberste Devise „Kaufen“ und „Verkaufen“ ist und für die sehr kluge Köpfe die Grundlagen schaffen, mit subtilem psychologischen Rüstzeug das sogenannte „Marketing“ betreiben und ihre Werbefeldzüge durchführen. „Viele dieser Leute sind Akademiker und genieren sich im Grunde genommen für die Ausübung eines Handwerks, dessen Verächtlichkeit sie schon als Studenten gelehrt wurden.“ (Miller, a. a. O., S. 66.)

Wie wäre es, wenn die Erwachsenenbildung ihre „Ware Bildung“ mit den einzigen Methoden, die in der Welt, in der wir leben, den größtmöglichen Erfolg versprechen, an den Mann, d. h. in das Volk bringen wollte und sich dabei eben dieser Kenner der menschlichen Psyche bediente, der Werbefachleute, die wissen, was die Menschen wünschen und wollen, d. h., ihnen zu suggerieren verstehen, was sie zu wünschen und zu wollen haben! Die Reklameexperten, die tatsächlich ihr Handwerk für verächtlich ansehen, könnten einiges gutmachen, wenn sie sich wieder einmal — es geschieht ja nicht allzu häufig — für eine unzweifelhaft würdige und nur nützliche Sache engagierten und ihre Fähigkeiten dazu verwendeten, weitaus mehr Menschen als bisher „bildungsbewußt“ zu machen, sie in die Volksbildungshäuser zu bringen und für die Medienerziehung zu interessieren.

Wie sie das bewerkstelligen, wird vor allem ihre Sorge sein müssen, wenn auch die Institutionen der Erwachsenenbildung dabei ihr Mitspracherecht bewahren müssen. Ob die Bildung „jung“ macht, einen „dazugehören“ bzw. „in“ sein läßt; ob man durch sie „fit“ wird oder sein persönliches Ansehen, seinen „Status“ erhöht oder wie die Fachleute ihre Aufgabe sonst meistern werden, soll uns nicht zu viele Sorgen machen, und der unbestreitbar gute Zweck wird auch nicht alle Mittel zu heiligen brauchen.

Natürlich kostet das Geld, viel Geld, aber noch niemals war die Hoffnung berechtigter als jetzt, solche Mittel auch aufzubringen, da die Notwendigkeit dauernder und nicht bloß unmittelbar berufsfördernder Bildung zur Erkenntnis aller einflußreichen Institutionen, der politischen Parteien, der Körperschaften öffentlichen Rechts und anderer bedeutender Organisationen geworden ist.

Um die Wirkung solcher propagandistischer Aktionen dauerhaft zu erhalten, darf es nicht bei einer einmaligen Kampagne bleiben — eine selbstverständliche Erkenntnis schon lange vor der jetzigen Hochblüte des Reklamewesens —, der noch zu kreierende „Markenname", der „Slogan" für die Volkshochschulen muß immer wieder, durch Zeitung, Plakat und Fernsehen vor allem, vor Augen geführt werden und präsent bleiben. Mit einer einmaligen Plakataktion z. B. wäre nur wenig zu erreichen.

Es muß damit gerechnet werden, daß nicht alle, die durch solche Maßnahmen in die Volkshochschulen kommen, zu dauernden Besuchern werden, aber gelingt es auch nur, einen ansehnlichen Teil von ihnen zu halten, ist viel gewonnen und lohnen sich Mühe und Kosten. Daß die Qualität der Kurse und Vorträge dabei keine geringe Rolle spielen wird, ist offensichtlich. Dieser Meinung kann man sich auch heute noch ohne Einschränkung anschließen, wenn sie auch als eines der Ergebnisse einer Hörerbefragung schon im Jahre 1955 ausgesprochen wurde (Speiser, Soziologie, a. a. O., S. 3). Durch die Zeit überholt ist jedoch das Ergebnis der Werbemittelbefragung, daß nach dem Kursverzeichnis und der persönlichen Empfehlung das Plakat an dritter Stelle, die Presse und der Hörfunk an letzter Stelle mit je fünf Prozent aufscheinen (ebenda); überholt nicht nur, weil, wie der Autor selbst hervorhebt, ja Hörer, also für den Volkshochschulbesuch bereits Geworbene, befragt wurden, sondern weil der neben der Presse einflußreichste Werbemittelträger, das Fernsehen, damals in Österreich noch in den Kinderschuhen steckte.

Für das erwähnte „Marketing" — man muß das leichte Gruseln überwinden, das einen überkommt, wenn es im Zusammenhang mit Bildung gebraucht wird — sollte man die Werbefachleute auf den Aufsatz von Hans Fasching aufmerksam machen, in dem in amüsanter Form Wesentliches zur Erforschung der „Marktlage" gesagt wird (Erwachsenenbildung im Urteil eines advocatus publici, in: Die Österreichische Volkshochschule, Wien 1963, Heft 51, S. 2 bis 6; ebenso in: Erwachsenenbildung in dieser Zeit, a. a. O., S. 332 bis 342).

Allmählich gewinnt die Erkenntnis von der Unabweisbarkeit wesentlich verstärkter und insbesondere auf moderne Erkenntnisse gegründeter Werbung in den führenden Kreisen der Erwachsenenbildung an Raum. So wurde bei einer Tagung der Spitzenvertreter der Verbände und Einrichtungen der Erwachsenenbildung im Oktober 1971 vorgeschlagen, eine Arbeitsgruppe einzusetzen, die „die Probleme der Werbung, und zwar zunächst im Sinne einer gemeinsamen ‚Basiswerbung', in folgenden Richtungen bearbeiten (soll): a) Werbung für Bildung überhaupt im Sinne einer verstärkten Motivierung zur Erwachsenenbildung (ständigen Weiterbildung) . . . b) Motivationsforschung und werbepsychologische Maßnahmen, Werbung zur Verbesserung des Images der Erwachsenenbildung in der Öffentlichkeit, insbesondere auch gegenüber den Entscheidungsträgern in Gesellschaft und Staat". (Neue Wege der Zusammenarbeit III. Ein Bericht von H. A. in Erwachsenenbildung in Österreich, 1971, Heft 12.)

Auch in der Sommerakademie für Erwachsenenbildner, „Musische Bildung im Rahmen der Erwachsenenbildung", im Juli 1972 wurde u. a. eine Entschließung gefaßt, in der die Notwendigkeit forcierter Werbung, und zwar ausdrücklich mit Hilfe berufsmäßiger Werbefachleute, betont worden ist.

Es ist sehr erfreulich, daß sich die in diesen Entschließungen ausgesprochene

Hoffnung, Wünsche und Resolutionen sollten auch zu Taten führen, zu erfüllen beginnt.

Im Februar 1973 begann eine Werbekampagne nach einem Konzept, das eine Arbeitsgruppe der Verbände der österreichischen Erwachsenenbildung ausgearbeitet hatte. Die Durchführung besorgte das Bundesministerium für Unterricht und Kunst (es trug auch die Kosten in der ungefähren Höhe von 2,5 Millionen Schilling) gemeinsam mit der genannten Arbeitsgruppe und der „Konferenz der Erwachsenenbildung Österreichs".

Das Leitmotiv der gesamten Aktion lautete: Der gute Vorsatz '73: Aufwachen — und weiterbilden!

Im Zentrum der Kampagne stand eine Plakataktion und eine Insertionsserie in der Tagespresse. Dazu kamen Hinweise und Werbespots in Hörfunk und Fernsehen. Eine Pressekonferenz führte zu positiven Stellungnahmen zahlreicher Zeitungen.

Das erste Plakat in einer Gesamtauflage von 1200 Stück wurde in den Landeshauptstädten und in einigen anderen größeren Städten angeschlagen, die folgenden sieben wurden im Wochenabstand bis Ende März in einer zum Teil wechselnden Anzahl Zeitungen mit großer oder größerer Auflage inseriert. Der Text enthielt unter anderem die Einladung, die kostenlose Zusendung der Fibel „Wegweiser in die Erwachsenenbildung" zu verlangen (Angaben nach Hans Altenhuber, Der gute Vorsatz — 73: Aufwachen — und weiterbilden, in: Erwachsenenbildung in Österreich, 2/73).

Wie der Verband österreichischer Volkshochschulen auf eine Anfrage mitteilt, sind rund 5000 solche Anforderungen eingegangen.

Wie immer auch der tatsächliche Erfolg der Aktion sein wird — erst die Zahl der Anmeldungen zu den Kursen in den Volkshochschulen im Herbst 1973 kann ihn verbürgen: eine wichtige Tat ist gesetzt worden, aber sie darf nur der Anfang einer dauernden, ja jahrelangen Bildungswerbung sein. Nicht bloß der Werbefachmann, selbst der Laie weiß, daß nur das stetige Einhämmern z. B. eines Markennamens oder eines „Slogans" diesen im Bewußtsein festsetzt; daß er aber dennoch aus ihm schwindet, wenn er nicht immer aufs neue, unverändert oder mit gewissen Modifikationen, präsentiert wird.

Das Ergebnis der ersten großen Werbeaktion wird zweifellos gründlich analysiert werden. Waren die Plakate einprägsam, der Text psychologisch richtig abgefaßt und beides zusammen bestmöglich geeignet, zu stimulieren und motivieren? Hat man das Publikum dort getroffen, wo es vor allem empfänglich ist: beim Wunsch nach höherem Verdienst oder sonst bei seinem Nützlichkeitsdenken; bei dem Bedürfnis nach erhöhtem Ansehen und dem „Dazugehören"? Verschaffen mehr Wissen und Bildung ein gesteigertes Selbstwertbewußtsein und ein ähnliches Hochgefühl wie etwa das Umsteigen von einem Kleinauto auf einen „Wagen der gehobenen Mittelklasse"? (Vgl. Anm. 30, letzter Absatz.)

In diesem Zusammenhang ist das erstaunliche Ergebnis einer in der letzten Zeit durchgeführten Untersuchung erwähnenswert. Es könnte — nicht unbegreiflich — die Erwachsenenbildner entmutigen, aber ebenso sollte es sie und alle an der kulturellen Höhe der Bevölkerung Interessierten aufrütteln, noch mehr, viel mehr zu tun, um diesen beschämenden Zustand zu ändern.

Unter dem Titel „Die Freizeit der Familie Österreicher" berichtet Oskar

Hofmann über eine Untersuchung des Grazer Soziologen Kurt Freisitzer von der Grazer Universität (Arbeit und Wirtschaft, 4/73): „Während die Gallup-Untersuchung keine Fragestellung für eine allfällige Verwendung von Freizeit für Bildung vorsah, hat Professor Freisitzer auch dieses Problem untersucht. Das Ergebnis ist niederschmetternd. Professor Freisitzer antwortete in einer Pressekonferenz auf die Frage, wie hoch der Prozentsatz der Menschen sei, die Freizeit für ihre Bildung verwenden, wörtlich: ‚Das ist kaum richtig zu untersuchen. Es kommen nur einige Zehntelprozent heraus. Die Kulturpolitiker überschätzen die Tatsachen.' Diese Feststellung klingt kaum glaublich, wurde aber immerhin von einem Fachmann dieses Gebietes getroffen. Wenn diese Untersuchung auch nur für Graz gilt, so mögen die anderen jetzt nicht die Nase rümpfen und sagen, bei ihnen wäre es anders. Graz ist genauso eine Stadt und Gegend Österreichs wie irgendeine andere Stadt oder Gegend in unserem Land. Die Idee, Freizeit für die eigene Bildung zu verwenden, scheint für die überwiegende Mehrzahl unserer Mitmenschen noch immer so weit zu liegen wie für uns alle die Sterne. Welch ungeheure Aufgabe haben doch alle im Bildungswesen Tätigen vor sich!"

Zu beachten ist, daß sich dieses Urteil auf das Freizeitverhalten im allgemeinen bezieht, also auch die private Weiterbildung einschließt. Der Prozentsatz derjenigen, die Volkshochschulen besuchen, müßte also noch niedriger sein. Eine Schwäche dieser Erhebung — alle derartigen Untersuchungen scheinen mehr oder weniger für solche Mängel anfällig zu sein — ist wohl das Fehlen der Definition von Bildungsarbeit in der Freizeit. Immerhin, Lesen und Fernsehen z. B. kann, je nachdem, wie es betrieben wird, auch bildend sein. Daher ist dieses Ergebnis auch nur ein Anhaltspunkt und keine unantastbare Wahrheit, jedenfalls aber ein Alarmsignal! (vgl. Anm. 5 und 22)

Angesichts dieser Sachlage, aber auch im Hinblick auf das heute mehr denn je üppig in die Halme schießende, von Geschäftemachern aller Art fleißig gedüngte, pseudowissenschaftlich aufgemachte Unkraut eines völlig unkritischen Irrationalismus und des primitivsten Aberglaubens — scheuen sich doch selbst Leute mit akademischen Titeln nicht, den Glauben z. B. an die Bedeutung der Tierkreiszeichen und an anderen astrologischen Unsinn zu nähren — gewinnt die Erwachsenenbildung, deren Leitbild der mündige Mensch ist, immer mehr an Bedeutung.

„Das größte, aber auch das am schwersten zu beseitigende Hindernis auf dem Wege zur Mündigkeit ist das Vorurteil. Vorurteile sind nicht nur vielfältig, sie haben auch verschiedene Ursachen, weisen in ihrem Wesen ein hohes (keinesfalls ‚ehrwürdiges') Alter auf, sind immer da, wenn auch oft unter der dünnen Kulturhaut verborgen, und sind, wie glimmende Asche, eine potentielle Gefahrenquelle. Ihre Wurzeln liegen zumeist im Unbewußten, und vor allem deshalb ist es so schwer, ihnen beizukommen.

Trotzdem — und daher! — muß am Anfang alles Bildungsbemühens der Kampf gegen das Vorurteil stehen. Es gibt (nach Alexander Mitscherlich, Revision der Vorurteile als Bildungsziel, Frankfurt am Main 1961) keine bedeutendere Aufgabe für eine Erziehung unter Erwachsenen als die Revision der Vorurteile!" (Norbert Janitschek, Wissen ohne Wissen, in: Die Österreichische Volkshochschule, 6/73.)

Die Propaganda für den Besuch der Volkshochschulen muß sich nolens volens der gleichen, zumindest ähnlicher Mittel bedienen, mit denen die Werbestrategen seit vielen Jahren mit unleugbar überraschendem Erfolg arbeiten, auch wenn der kultivierte Beobachter es nicht wahrhaben möchte, daß seine Mitmenschen gerade auf die durchsichtigen Mätzchen der Reklame erwartungsgemäß reagieren und z. B. den diversen, je nachdem betont jugendlich, männlich oder schmalzig-sinnlich präsentierten Werbesprüchen erliegen (vgl. Anm. 30).

Die Abwehrfront aus Gleichgültigkeit, Bequemlichkeit und Bildungsselbstgefälligkeit muß vorerst durchbrochen werden, eben mit dem fortgesetzten Appell nicht gerade an die edelsten Regungen, weil nur dieser in unserer reklamegesteuerten Konsum-Imponiersucht- und Vergnügungsindustriegesellschaft einen Erfolg erhoffen läßt. Haben wir die Menschen einmal in unseren Kursen, können wir mit feineren Waffen für unsere kulturellen Ziele kämpfen.

Zweifellos ist Bildungswerbung, die echte anhaltende Erfolge bringen soll, sehr kostspielig, allein schon weil sie niemals enden darf. Damit erweist sich die Sache der Erwachsenenbildung — wie nach den Worten Maria Theresias die Schule — als ein Politikum, also als eine Res communis.

Wie groß die Bedeutung ist, die ihr die Öffentlichkeit zumißt, wird sich alljährlich bei der Budgeterstellung zeigen, wenn die Höhe der Ausgaben bestimmt wird, die man der Erwachsenenbildung und damit auch der Bildungswerbung zuerkennt.

QUELLENVERZEICHNIS

Die Zahlen beziehen sich auf die Anmerkungen, nicht auf die Seiten. Stehen mehrere Zahlen neben einem Namen, sind die genauen Angaben jeweils bei der *kursiv* gesetzten Zahl (bzw. den Zahlen) zu finden, sonst bei der einen Zahl.

INHALTSVERZEICHNIS